JN319677

二見文庫

高慢女性課長

霧原一輝

目次

第一章　早期退職者の特典　7
第二章　部下のバスローブ　47
第三章　部長夫人を寝取る　89
第四章　枕営業の女子社員　135
第五章　盗撮しつつ人妻と　182
第六章　最後の罰を課長に　222

高慢女性課長

第一章　早期退職者の特典

1

「早く済ませてよ。わたし、長いのは嫌いだから」

高い鼻をツンと反らした三十三歳の女課長・石神冴子《いしがみさえこ》が、黒いランジェリー姿になって、ホテルのダブルベッドにあがった。

間接照明に浮かびあがった、すらりとしているが、出るべき個所は出たその抜群のプロポーションに圧倒されながら、芳郎《よしろう》は釘を刺す。

「一応、契約では、明朝の八時までってことに、なってるんだけど」

「わかってるわよ。あなたがもてばの話でしょ。途中で気持ち悪い腕枕なんかしなくていいから、とっとと済ませて、奥様のもとに帰ってよ。わたし、ほんとあなたには嫌悪感しかないんだから」

冴子がベッドに上体を立てて、ミドルレングスの髪をいじりながら言う。

相変わらず、口の悪い女だ。結局、最後まで、冴子の高慢さは直らないということか。

自分がじつは長年にわたって、男性社員にセクハラをしていたことなど、頭にないのだろう。今夜こそは、男のすごさを見せつけてやる――。

芳郎はひとり意気込む。

五十五歳の只野《ただの》芳郎は長年勤めていたＩＴ系企業を本日付で、退職した。

ホテルの部屋には、先ほど後輩から贈られたはなむけの花束が置いてある。

ではなぜ今、営業部随一の切れ者女性課長とベッドインしようとしているかというと――。

携帯電話戦争で後手にまわった彼の会社はこのピンチを乗り切るために、中間管理職の早期退職者を募った。

そして早期退職の特典として、お気に入りの女子社員を五名、各々一晩だけ自由にしていい、というマーベラスな策を打ち出したのだ。

芳郎は出世競争に負けて、針の筵《むしろ》に座っているような状態だった。閑職に追いやられ、退職も頭に入れていた。妻と結婚した翌年に建てた家のローンは払い終えているし、すでに息子も巣立っている。会社を辞めて、退職金をもらい、第二の人生をはじめるには、いい時期だった。

(女性社員を抱けるのか、ならば……)

考えた末、芳郎は真っ先に手を挙げた。

女性尊重の叫ばれている現在、セクハラ、パワハラの甚だしいこの策は、どうせすぐに中止になるに決まっている。

その前に、というのが芳郎の考えである。

思えば、つらいことばかりの会社勤めだった。課長になってからは、ひと時も心が休むことがなかった。とくに、女性社員には泣かされつづけた。その彼女らを一晩だけとはいえ自由にできるのだ。

(彼女たちに復讐してやる!)

そんな気持ちもあった。

第一候補として名前を挙げたのが石神冴子だった。正直なところ半信半疑で、まさかほんとうに彼女がやってくるとは思っていなかった。

やはり、この有能な女課長も会社のトップの意向には逆らえなかったと見える。時間外手当として、報酬が彼女に支払われるという噂も聞いた。

どんなに口では偉そうなことを言っても、所詮女は金と権力には尻尾を振る生き物である——というのが、長年、女性社員と接してきた芳郎の持論だ。

上昇志向のある女性社員は、最初は課長である芳郎に気を使っていても、芳郎が将来性のない、力のない男だとわかると、簡単に見切りをつけ、それ以降は、小馬鹿にしたような態度を取る。

そして、将来性のある上司に上手く取り入り、かわいがられはじめると、虎の威を借りて、急にのさばりだす。

冴子などはその典型で、芳郎に見切りをつけて、他の上司にすり寄り、女課長の座を射止めた。

最近は部下の社員を些細なことで頭ごなしに怒鳴りつけている。

しかも、男性社員が女性社員を、ちゃんづけで呼ぼうものなら、『それ、セクハラ発言よ』という言葉とともに、男を軽蔑するような態度が返ってくる。

そのくせ、部下の男性社員には、『のろまね。そんなんだから、ガールフレンドもできないのよ』と、平気で人を傷つけたりする。

芳郎はいつか、この鼻持ちならない女をぎゃふんと言わせたかった。ようやくその絶好の機会が訪れたのだ。

もちろん、五十五歳で精力のおとろえた自分に、冴子を圧倒することなどできるのか、という不安はある。

だから、この夜のためにAVを見て、セックスのハウツーのおさらいをした。また、息があがらないように走り込みをして、体を鍛えた。

(大丈夫だ。うん、俺はやるべきことはやった。自信を持て)

自分を叱咤《しった》激励して、芳郎はベッドに近づいていく。

芳郎はすでにバスローブに着替えている。だが、シャワーは浴びていない。

女が清潔な男を好むことは重々わかっている。だからこそ、加齢臭と残尿臭むんむんの体で事にあたりたかった。なぜなら、これは自分を冷遇した女へのリベンジだからだ。

バスローブを脱いでベッドにあがり、隣に行くと、冴子が嫌悪感もあらわに背中を向けた。

「ちょっと、気持ち悪いから近づかないで」

何という女だ。体を接しないで、どうやってセックスをしろと言うのだ?

芳郎は呆れはてた。

「き、きみは会社の仕事でここに来てるんだから、職務を果たしてくれないと困るよ」

「わかってるわよ」

冴子は不貞腐れて言うが、依然として、背中を向けたままだ。

芳郎は愛撫をはじめようとして、横臥した彼女の姿に、一瞬見とれてしまった。

性格は悪いが、容姿はすぐれているという女は確実にいる。冴子もそのひとりだった。

ミドルレングスのつやつやの髪が散った横顔は、高い鼻が驕慢そうにツンとしていて、長い睫毛も同様にカールしている。そして、唇はぽってりして、いつも赤く濡れ、男性社員のなかには、この唇に一度でいいからキスされたいと願う者は多い。

(これで、性格さえよければな……)

刺しゅう付きの黒いハーフブラがゴム毬みたいな乳房を押しあげ、見事にくびれたウエストから大きな尻が急激にふくらみ、そのヒップに黒く、面積の少ないハイレグパンティが貼りついている。見とれていると、

「いいから、さっさとはじめなさいよ」

冴子が居直ったように、せかしてくる。

五十五年の人生で、これほどの容姿の女とセックスしたことはない。リベンジしたいという気持ちとは裏腹に、なかなか手が出ない。

（やるんだ！）

自分を叱咤して、まずは、セクシーなラインを描く背中を指の爪側でひと撫ですると、

「くっ……！」

ビクッと美しい背中が震えた。

いやがっている割には、この反応は何だ？

冴子も三十三歳の女盛り。ビジネスではクールビューティを気取って、男など眼中にないという顔をしているが、その実は、感じやすい身体を持て余しているのではないか？

だったら、とことん感じてもらおうじゃないか。それがリベンジに繋がる。

ゲンキンなもので、最初のひと撫でで強く反応してくれたお蔭で、俄然、自信も、やる気も湧いてきた。

芳郎はブラジャーのホックを外しにかかる。

だが、ストラップがきつく、最近はブラジャーなど外したことがないせいか、上手くいかない。

「ダメね。ブラさえ外せないんだ……」

軽蔑を通り越した呆れ顔で言って、冴子が自分でホックを取り、ブラジャーを肩から抜き取っていく。

せっかく湧きかけた自信が、一気にしぼんだ。だが、ここでめげては、冴子をやり込めることなど、到底できない。

邪魔物がなくなった背中は見るからにすべすべで、シミなどひとつもない。肩幅は意外と広くて、ウエストが細く、まるで女性スイマーのようにきれいな背中だ。

「何、見てるのよ。早くして。こっちはさっさと済ましたいんだから」

「わかってるから。うるさいぞ、きみは」

言ってやった。

冴子はふんと鼻であしらって、押し黙った。

芳郎はごくりっと生唾を呑んで、肩甲骨に沿って撫で、背骨を真っ直ぐになぞりおろしていく。

「あ、ああん……」

と、背中を弓なりに反らす冴子。やはり、敏感だ。

だが、返ってきたのは、意外な言葉だった。

「ちょっと、やめてよ。それ、気持ち悪い」

「そうか？　感じているように見えるけど」

「失礼ね。そんなはずないでしょ」

「そうかな？」

芳郎がぺろりっと背中を舐めると、

「……あんんっ！」

冴子がびくっとして、のけぞり返った。やはり、感じている。

どうやら、背中が彼女の性感帯らしい。弱点は徹底的に攻めるのが、女を落とす早道であることくらい、わかっている。

芳郎も長い人生でたった一度訪れたモテ期（それは、結婚する前の約二年という、とても短いものだったが）には、何人もの女を泣かせものだ。だから、一応女をメロメロにさせるセックスのテクニックは身につけている。

芳郎は脊柱《せきちゅう》に接吻を浴びせながら、指を刷毛《はけ》のように使って、脇腹を柔らかく撫でる。

「あンっ……くっ、いやだって……ああ、そこ！」

冴子が肩甲骨を寄せて、びくっ、びくっと痙攣している。

と、絹のようになめらかだった肌が一気に粟立ってきた。ぞくぞくしているのだ。

冴子の震えが止まらなくなったのを見て、芳郎は黒のハイレグパンティに手をかけて一気に引きおろし、足先からつるりと脱がす。

「ちょっと……」

尻の谷間を隠そうとする冴子の右手を引き剝がし、腹這いにさせて、尻たぶの切れ目に顔を埋め込んだ。

左右の尻たぶをぐいとひろげておいて、薄茶色の窄まりに舌を走らせると、

「ああ、ダメッ……そこはダメ。やめて……やめろ、やめないか！」

社内で随一の切れもの女課長も排泄器官をいじられるのは苦手らしい。女性とは思えない言葉を吐いて、芳郎のやる気を削ごうとする。

だが、こんなことでいちいちめげていては、この種の女の相手はできない。

必死に逃れようとする尻を押さえつけ、仄かに匂う後門に吸いついて、しゃぶりたてた。

まさか、いきなりアヌスを舐められるとは思っていなかったのだろう。

冴子は最初はひどくいやがって尻を振りたてていたが、執拗に舌を這わせるうちに、抗いがやんだ。そして、ついには、腰をもどかしそうにくねらせて、

「あっ……あっ……」

と、抑えきれない女の声をあげる。

どうやら、アヌスも感じるらしい。背中も感じた。もしかして、冴子は全身性感帯のとても感度のいい肉体を持っているのかもしれない。しつこく、アヌスの窄まりを舐めていると、

「もう……するなら、ちゃんとした愛撫をなさいよ」

冴子が後ろを振り返って、焦れたように言った。

「ちゃんとした愛撫って？　オッパイを吸って、クンニってことかい？」

「……そうよ」

「ふうん、きみは意外と常識派なんだね。きみくらいになれば、ノーマルなセックスには飽きあきしてるかと思ったんだが……」

上から目線で言ってやった。職場ではできなかったことだ。これまでの仕返しである。

「バカね。当人ではなくて、相手の問題よ。いい、ヘンタイにはそれなりの才能が必要なのよ。あんたみたいな平凡を絵に描いたような凡人は、普通のセックスしかしちゃいけないの。只野課長は所詮、ただの男なのよ」

「うっ……」

さすがに舌鋒鋭い。的を射ているだけに、言葉に詰まった。

2

「ふふっ、もう降参？」

冴子が勝ち誇った顔をする。

「俺はただの男じゃない。その減らず口を黙らせてやる」

芳郎はふたたび、尻の間に顔を埋め込んだ。

言葉では負けるのだから、あとは行動しかない。そのために体を鍛え、体調をととのえてきたのだ。

冴子はすらりとしているが、下半身はよく発達している。芳郎のあまり多いとは言えない経験から推して、上体が細めで下半身が太い女は、だいたいがセックス好きだ。

冴子のデカい尻たぶを手でぐいとひろげて、排泄の孔にむしゃぶりつくと、

「うう、やめろと言っているのが、わからないの！」

冴子が抵抗して、腰を逃がした。

「きみ、契約書を読まなかったのかね？　甲は乙に対して、暴力以外のいかなることも拒んではならない、と明記してあったろう」

「……だから、あんたみたいなキモい男にやらせてあげてるんじゃないの」

「わかっているなら、契約を守りたまえ。それから、キモいは余計だ。金輪際、使うな。もし使ったら、きみを名誉棄損で訴えるからな」

「ふん……」

「わかったな？　わかったかと訊いているんだ」

「わかったわよ」

冴子が不貞腐《ふてくさ》れたように、ぷいと横を向いた。

社命という錦の御旗《みはた》に護られている自分を卑劣に感じたが、この際、背に腹は

替えられない。

芳郎は溜飲をさげる思いで、左右の尻たぶを押し広げる。

幾重もの皺を集めた窄まりが伸びて、中心があらわになった。普通、女性は便秘気味でアヌスにダメージがあるものだが、きれいな窄まりをしている。

可憐にひくつく小さな孔に、尖らせた舌を押し込むと、

「ひぃーっ……」

冴子が声を絞って、総身を震わせる。

シャワーでよく洗ったのだろう、妙な匂いはしないが、奥のほうには舌をぴりっと刺すような味覚がある。

「い、いやっ……」

と、腰を逃がそうとする冴子を押さえつけて、舐めつづけた。

豊かな尻たぶを撫でまわし、尖らせた舌で窄まりを突いて、全体を舐めることを繰り返すと、冴子の気配が変わった。

「ぁああ、ぁあああ」

と、甘い鼻声を洩らして、もっととばかりに尻をせりだしてきた。

腹這いになりながらも、尻だけを高く突きあげている。

(何だかんだ言っても、結局感じているじゃないか)

芳郎は、会陰部へと舐めおろしていく。ちろちろと舌を振りながら会陰を攻め、その下の淫らな割れ目にしゃぶりついた。

「いやあァ！」

悲鳴とともに、腰が前に逃げる。

いくら覚悟をしているとはいえ、軽蔑していた万年課長の芳郎に、アヌスを舐めた舌でクンニリングスされるのは、屈辱以外の何ものでもないのだろう。

(今に見ていろ。ひぃひぃ、よがらせてやる)

芳郎は腰をがっちりと抱え込み、後ろから雌花に食らいついた。

ぷっくりとした肉びらの狭間を舐め、貪るように吸う。

と、冴子の抗《あらが》いが完全にやんだ。そして、自ら四つん這いになり、まるで、こうしたらクンニしやすいでしょ、と言わんばかりに腰を高く突きあげてきた。

(ああ、これが石神冴子のオマ×コか！)

いったんクンニリングスを中断して。見入った。

蘇芳《すおう》色の縁取りのあるくにゃくにゃした陰唇がひろがって、鮮やかな粘膜色の内部があらわになっている。ぬめぬめと光り、上のほうには、小さな肉孔さえうかがえる。

総じて、美しいと言っていいオマ×コだった。だが、肉厚で土手高の、いかにも具合は良さそうだ。

「何をしてるの？　そんなにじっと見ないでよ」

冴子が後ろを振り返って、尻たぶをきゅっと窄めた。

「驚いた。きみにも羞恥心があるとはね」

「当たり前じゃない。いいから、して。さっさと終えて、とっとと帰ってちょうだい」

「相変わらずだなあ。きみの化けの皮を剥いでみたい。どんな顔が出てくるのか、興味があるよ」

「余計なことを考えずに、さっさとしなさいよ」

「わかったよ。さっさとやるから、きみも余計なことを言わないでくれ」

まったく情緒が欠落したセックスに嫌気がさしたが、この状況で情緒を求めるのが間違っている。

そう思いなおして、芳郎は尻の底にしゃぶりつき、クリトリスを攻めた。

陰核は性格そのままに威張ったように突き出し、包皮に護られている。その莢

を剝くと、珊瑚《さんご》色の本体がぬっと現れた。尖りきった大きめの肉芽をじかに舌であやすと、

「あっ……くっ……あっ」

冴子は抑えきれない喘ぎをこぼして、我慢できないというように尻を前後に打ち振る。

やはり、冴子は全身が性感帯と言ってよさそうだ。男勝りの態度を取っているので、セックスの感性はないのではないか、ひょっとして、不感症もありうると予測していたのを、いい意味で裏切られた。

（よし、これなら……）

クンニをつづけるうちに、ますます陰核は肥大してきた。まるで、ポリープみたいな肉芽を上下に舐め、横に撥《は》ね、むしゃぶりついて吸う。

吐き出して、またちろちろと舌を走らせる。

それを丹念に繰り返していると、冴子はぶる、ぶるっと痙攣し、ついには、欲望をあらわに腰を大きく振り立てて、

「ああ、ねえ、ねえ……」

と、鼻にかかった甘え声でせがんできた。

今が、冴子の鼻っ柱をへし折るチャンスだ。

「ねえって、何だ？　どうしてほしい？　言わなきゃわからないだろ……ほら、どうしてほしいんだ」

訊いても、冴子は無言で首を左右に振るばかりだ。プライドだけは富士山より高い女だ。やはり、自分の口から、挿入を頼むことは屈辱なのだろう。

「入れてほしいんだろ？」

「……」

せっかく歩み寄ったのに、冴子は首を縦に振ることもしない。そうとうの意地っ張りのようだ。

（素直になればいいのに、可哀相な女だ）

芳郎は挿入をやめて、顔をあげ、ベッドに仁王立ちすると、

「きみ、こいつをしゃぶってくれないか？」

肉柱を握って、冴子に向かって突きだした。

ちらっと肉の塔に視線を投げた冴子がハッと息を呑んだ。芳郎の分身は自分でも惚れぼれするほどに、いきりたっていた。明らかに、冴子はドキッとしたはずだ。だが、冴子はこう言った。

「いやよ」

「きみは、俺には逆らえないはずだぞ。契約を……」

「わかったわよ。やれば、いいんでしょ、やれば……早く済ませたくてするんだから。誤解しないでよ」

言い訳をして、冴子がにじり寄ってきた。

前に正座して、いかにもいやそうに根元を握った。かったるそうに、ゆるゆると擦る。

だが、内心満更でもなさそうなことは、一見気が進まない様子を見せながらも、指にこもる微妙な力や、巧妙な愛撫、そして、時々見あげる際の目の潤み方でわかる。

やがて、その長くしなやかな指に力がこもり、冴子の息遣いが乱れてきた。あらわになった乳房を大きく波打たせ、握り方に変化をつける。

握るときの手首の角度を微妙に変え、深く握り込んでは大きく肉柱をしごき、また浅く握りなおして、ゆるやかに擦る。

じっと怒張に視線を集め、無意識にだろうが、舌なめずりをしている。

ついには我慢が限界を超えたのか、冴子が顔を寄せてきた。

茜色にてかる亀頭部の先をひと舐めして、うっと顔をしかめた。

「何、このイカみたいな匂い……洗わなかったの？」

怒りをあらわに見あげてくる。

「ああ、わざと洗わなかったんだ。きみに、臭いチンポを舐めさせるためにね」

「エチケットをわきまえなさいよ」

冴子が眦《まなじり》を吊りあげた。

「契約書に明記してあったはずだぞ。身体に危害を与えること以外で、きみは俺の命令に逆らうことはできないんだ」

「……」

冴子は悔しそうに唇を噛みしめて、きっとにらんでくる。

「会社を救うために自ら退社するんだ。きみらのために、犠牲になるんだ。そこをわかってもらわないと……舐めなさい。残尿と恥垢だらけの臭いチンポをしゃぶりなさい。これは、社命なんだよ」

きっぱりと言う。

じっと見あげていた冴子は、やがてにらみあいに負けて、顔を伏せた。

観念したのか、今度はやけに殊勝になって、勃起の根元を握り、亀頭冠の真裏

を舐めてきた。ここは男性がいちばん感じる場所でもある。ちろちろっと舌を横揺れされて、

「くっ……!」

芳郎は天を仰ぐ。

絶妙な舌づかいだった。生き物のように動く舌が巧妙に急所をとらえ、緩急をつけて攻めてくる。

悔しいが、認めなくてはいけない。この高慢な女課長は、フェラチオの舌づかいが一流であることを。

それに、さっきあんなにいやがっていたのに、もう、残尿も恥垢も気にする気配はない。包皮小帯を舌であやしつつも、茎胴をぎゅっ、ぎゅっと力強くしごいてくる。

「あっ、おっ……」

湧きあがる快感に、芳郎はまたまた天を仰ぐ。

と、芳郎が弱みを見せたと思ったのだろう、冴子が攻守逆転とばかりに一気に襲いかかってきた。

口腔ですっぽりと亀頭冠を覆い、しゅぽしゅぽと唇をすべらせながら、根元の

ほうを握って、左右にねじる。

顔もローリングをはじめ、肉棹を雑巾のごとく絞られて、芳郎は一気に追い詰められる。

「んっ、んっ、んっ……」

冴子は声を洩らし、芳郎を上目遣いに見る。

ミドルレングスの髪を打ち振りながら、おフェラの効果を推し量るようなアーモンド形の目が、途轍もなくいやらしい。

冴子は様子をうかがいながら、さらに顔をローリングさせ、根元を猛烈に握りしごいてくる。

射精させてしまおうという魂胆が見え見えだった。

受け身ではダメだ。このままだと、やられるのを待つばかりだ。ここは、自分から攻めよう――。

芳郎は自分を奮い立たせた。

右手を伸ばして、乳房の頂を捏ねてやる。

セピア色にピンクを溶かし込んだような乳首はすでにしこりきっていて、指先でつまんで右に左にねじると、

「ンっ……うぐっ……」

冴子が呻いた。

どうやら、乳首も強い性感帯のようだ。まさに、全身性感帯である。

両手の指で左右の乳首をつまんで、くにくにと捏ね、さらには、きゅーっと引っ張る。

乳首が伸びきった状態で、左右にねじった。すると、これが功を奏したのか、冴子の口の動きが徐々に緩慢になっていき、ついにはただ咥えるだけになった。

「んっ、んんんっ」

と、くぐもった声を洩らし、腰をくなり、くなりと揺すりはじめる。

「ふふっ、どうした？　ケツがものほしそうに動いているじゃないか？」

冴子は答えずにじっと見あげてくる。

最初は怒気をはらんでいたのに、カチカチの乳首を捏ねると、アーモンド形の目に困惑の色が浮かび、やがて、潤んできて、瞳がぼうとしてくる。

ついには目を瞑《つむ》り、小鼻をふくらませて、必死に息をする。

自分からまたストロークを再開して、社員の垂涎の的である赤いぷっくりした唇を肉棹にからませてくる。

(おおぅ、気持ちがいい。石神冴子のおフェラは絶品だ。社員に教えてやりたい。おおう、たまらん……)

うねりあがる快感に呻いていると、冴子が顔を傾けながら、唇をすべらせた。冴子が顔を振るたびに、亀頭が頰の内側を擦って片頰がふくらみ、飴玉のような丸みがずりゅっ、ずりゅっと移動する。

(まさか、あの高飛車な石神課長が、歯磨きフェラまで披露してくれるとは)

男は、女がベッドで日常生活と変われば変わるほど、昂奮するようにできているものだ。

冴子は顔の向きを変えて、反対側の頰に亀頭を擦りつける。

(あれほどいやがっていたのに……)

自慢の美貌を醜くゆがませながらも、一心不乱に歯磨きフェラをする冴子に好意さえ感じてしまう。

「こ、こっちを見てごらん」

言うと、冴子は片頰をふくらませながら、目尻の切れあがった大きな瞳で見あげてくる。

すでに、憎しみが消えて、うっとりとした陶酔するような、霞がかかったような目をしていた。

ここまできたら、攻め抜いてやる。芳郎は自分から腰を前後に打ち振る。冴子が顔を逃がそうとしたので、後頭部をむんずとつかみ、動けないようにして、怒張を送り込んだ。

切っ先が扁桃腺に触れたのか、

「ぐふっ、ぐふっ」

冴子は噎《む》せて、目を伏せる。

「ダメだろう。こっちを見て」

叱咤すると、冴子が見あげてくる。鳶《とび》色の瞳に、うっすらと涙の膜がかかっている。

そうとう苦しかったのだろう。可哀相になった。だが、ここで仏心を出しては、冴子に男のすごさを思い知らせることなどできない。

かまわず、口腔に肉柱を打ち込んだ。

冴子は目を閉じたくなるのを必死にこらえている。扁桃腺を突かれて、涙を滲ませる瞳が、ふっと焦点を失いかける。

そのまま、ずりゅっ、ずりゅっと唇を擦りあげると、瞼がおりてきて、恍惚とした表情になった。

（そうか、冴子も女なんだな。男に強引に出られると、身を任せたくなってしまうのだろう）

か弱い女には愛情が湧く。芳郎はさらさらのミディアムヘアを撫でてやる。撫でながら、屹立を口腔に押し込む。

閉じた瞼は妖しいほどの魅力を放ち、冴子は鼻呼吸しながらも、唇をぴっちりと肉棹にからみつけている。

（とうとう、やった。俺は今、あの石神冴子にイラマチオしている）

芳郎は少しだが、冴子への憤りがおさまった気がした。

すくいだされた唾液が口角に溜まっている。社員の羨望の的である赤い唇がめくれあがり、その下には乳首のツンとせりだした乳房が見える。

「おおぅ、たまらん」

ぐいと腰を突きだすと、亀頭が喉を突いたのだろう。

冴子がえずいて後ろに飛び退り、苦しげに噎せている。

3

もう我慢ができなかった。ベッドに押し倒そうとすると、冴子が腹這いになって、逃げようとする。

「まだ、抵抗するのか？　何度言ったらわかるんだ。聞き分けの悪い女だな、きみは」

ここぞとばかり、芳郎は日頃の恨みを晴らしにかかる。覆いかぶさっていき、左手で冴子の肩口をつかんで引き寄せ、右手で勃起を尻たぶの底に導いた。

「あっ……！」

切っ先が割れ目に触れて、冴子が寸前で腰を逃がした。

これだけ昂っているのに、挿入を拒むのだから、よほど芳郎のことが嫌いなのだろう。悲しくなった。だが、ものは考えようだ。嫌われているほうが、犯しがいがあるというものだ。

「さっき、俺のチンチンを美味しそうにしゃぶっていたのは誰だった？　いい加減、素直になったらどうだ」

言い聞かせて、いきりたつものを尻たぶの底に押し当てた。そこはすでに洪水状態だ。

「こんなにぬるぬるにしてるくせに。行くぞ。そうら」

今度は逃げられないように、がしっとつかみ寄せて、腰を打ちおろした。

と、硬直が熱く滾った肉路を押し広げ、ぬるりと奥まで嵌《は》まり込んで、

「ぁあっ……くっ！」

冴子が腹這いのまま、頭を後ろに反らした。

（とうとう、石神冴子と……）

昴奮で、頭の芯が痺れた。

そして、この具合の良さは何だ？

この体位では、尻が邪魔になって挿入は浅いはずだ。にもかかわらず、分身が奥へ、奥へと吸い込まれていくようだ。

粘膜がざわざわっと波打ちながら、きゅい、きゅいっと締めつけて、内へ内へと手繰りよせようする。

こんなオマ×コ、味わったことがない。そうか、冴子はこれほどの名器を隠し持っていたのか。

この美貌にこの名器とくれば、きっと一度寝た男は、冴子を手放そうとはしないだろう。そうか、それで……。

冴子が若い頃、ストーカーにつきまとわれて大変だったという話を聞いたことがある。なるほど、男を引き寄せないために、「セクハラ、セクハラ」と騒いで、一定の距離を保とうとしていたのだ。それなら、納得できる。

「ああ、いやよ、いや」

後ろから貫かれても、冴子はなお匍匐《ほふく》前進で前へ前へと這いあがろうとする。

だが、ベッドのヘッドボードが行く手を遮った。

追い詰められた冴子を、芳郎はがっちりと押さえ込んで、下腹部を突き出す。

ぶわわんとした尻たぶが押し返してくる、その弾力が心地好い。

冴子はいやいやをするように首を振っていたが、芳郎がつづけざまに肉棒を深いところまでめり込ませると、

「うっ……うっ……ぁああ、ぁああうぅぅ」

ついには、女の声をあげ、枕に顔を押しつけた。片足を前に出すような形で尻を少し浮かして、芳郎の怒張を受け入れ、

「くっ……くっ……」

と、抱え込んだ枕に顔面を埋めて、声を押し殺している。

もっと、感じさせたい。クールビューティの仮面をひっぺがしてやりたい。

冴子の背中が性感帯であることはわかっている。

芳郎は前に屈み、肩甲骨に沿って舌を這わせ、それから、背骨にツーッ、ツッと舌を走らせる。

「あっ……あっ……」

悩ましくしなった背中と腰が、プルプルと震えはじめた。

今だとばかり、芳郎は上体を起こし、腰をつかんで引きあげる。

冴子の尻が持ちあがってきて、四つん這いの女体を後ろから貫く形になった。

ぷりっとした大きなヒップに、母性も女性性も女のすべてが詰まっている気がする。

冴子が性感を昂らせている今だからこそ、言い聞かせておきたいことがある。

「きみは一緒に働いている社員を何かにつけて責めたてて、彼らのやる気を奪った。そうだね？」

「卑怯よ。こんなときに……それに、わたしは彼らのやる気など奪っていない。むしろ、叱咤して、やる気を起こさせているのよ」

「それは違う。現に、俺はその被害者のひとりから、最近は会社に行こうとしただけで、腹が痛くなるという話を聞いている」

「誰だか知らないけど、そんなのは、自分が弱いだけよ」

「それは違うぞ。誰もが、きみのように強くはないんだ」

「そんな人は、会社を辞めればいいのよ」

「きみって人は……頭でわからないのなら、身体でわからせるしかないようだな。そうら、反省しなさい」

芳郎は右手を振りあげて、ピシャッと尻たぶを手のひらで打った。

「あうぅぅ……！」

と、冴子が背中を弓なりに反らした。

「これは、きみへの愛の鞭だ。反省しなさい」

獣のスタイルで貫きながら、芳郎は左右の手で尻たぶを乱れ打ちした。

冴子は必死に耐えている。撥ね退けたいが、後ろから深々と貫かれていて、思うに任せないはずだ。

「くう、訴えてやる。あなたを訴えてやる」

冴子が首をねじって、涙目を向ける。

「……ったく。反省ということを知らない人だ」

芳郎はイチゴジャムを塗ったように薔薇色に染まった尻をつかみ寄せて、思い切り怒張を叩き込んでやった。

バスッ、バスッ──。

派手な破裂音がして、四つん這いになった裸身が前後に動き、

「ぐっ……ぐっ……」

と、冴子はなおもこらえている。

(ここで、感じさせないと……)

芳郎は前に屈んで、両手で乳房をとらえた。

柔らかくて、どこまでも沈み込んでいくような脂肪の塊を揉みしだき、中心でせりだしている突起をくにくにと捏ねてやる。

と、乳首が強い性感帯である冴子の気配が、見る間に変わってきた。

「あ、ああん……ぁあああ、いい……乳首が感じるの。ずるいわ、ずるい……ぁあああん」

甘い声をあげて、ここに打ち込んできてとばかりに、腰とともに下腹をもどかしそうにくねらせる。

「突いてほしいんだね？」

「……っ、突いて」

「それでは、わからない。何でどこを突いてほしいか、はっきりと言いなさい」

「……セクハラだわ」

「セクハラに決まってるじゃないか。セクハラを気にしてたら、セックスなんてできないだろ。言わないと、おチンチンを抜くぞ」

冴子はうつむいて黙っていたが、やがて、言った。

「突いて……」

「何でどこを？」

「おチンチンでオマ×コを……いやっ」

「ふふっ、言ったね。よし、御褒美をあげよう」

芳郎は両手で腰を引き寄せておいて、思い切り怒張を叩き込む。

信じられないほどにいきりたったイチモツが、とろとろに蕩けた肉路を深々とうがって、

「あっ……あっ……いや、いや、いや……あんっ、あんっ、あんっ……」

冴子は甲高い声を放って、シーツを鷲づかみにする。

「気持ちいいんだろ？　オマ×コされて、気持ちいいんだろ？　素直に認めなさい」

「……そうよ。気持ちいいの。いいのよぉ」

とうとう冴子が素直に悦びの声を放った。

4

後ろから繋がったまま、芳郎は仰向けに寝て、冴子に股間をまたがらせた。

バックの騎乗位である。

「そうら、腰を振りなさい」

こちらを向いた大きな尻をせかすようにピシャピシャ叩くと、冴子がすぐに腰を前後に揺すりはじめた。

欲望が理性を超えてしまったのだろうか、何かに憑かれたように腰から下をくいっ、くいっと打ち振っては、

「ああ、止まらないの。腰が勝手に動く」

そう喘ぐように言って、鋭く腰を前後に振る。

すると、充実しきった尻たぶがもっこり、もっこりと芳郎に向かって突き出されてきて、卑猥そのものだ。

「前に屈みなさい。足の指をしゃぶるんだ」

「調子に乗りすぎよ」

「何度言ったら、わかるんだね？　きみは俺の命令には逆らえないんだよ」

「わかってるわよ」

口を尖らせて、冴子が前に身体を倒した。

肉柱がずっぽりと嵌まり込んでいるその結合部分と、上方の小菊のようなアヌスがまる見えになった。

「親指をしゃぶりなさい」

言うと、冴子はためらいながらも顔を持っていき、足の甲から舐めあげていく。親指にも舌を這わせ、ついには頬張ってきた。

フェラチオをするように顔を打ち振るので、全身もそれにつれて動き、結合部分で肉のトーテムポールがずりずりと膣に出入りするのが、まともに見えた。

しかも、たわわな乳房も膝のあたりを擦っている。マシュマロみたいな柔らかなオッパイの弾力が伝わってきて、芳郎は夢見心地になる。

切れもの女性課長が、自分に奉仕してくれているのだ。

この制度を利用しなければ、絶対に味わえなかった。会社を辞めるのは将来が不安だが、これほどの特典がついてくるのなら、やはり辞めて正解だった。

「いいよ、ありがとう。こちらに向きを変えて。あっ、ダメだよ。入れたままで。そう、そのままぐるっとまわって」

冴子は迎え入れた肉茎を中心に時計回りにまわって、いったん真横を向き、もう半回転して、こちらを向いた。

正面からの騎乗になり、もう我慢できないとでもいうように、自分から腰をつかいだした。手を胸板に突き、

「ぁああ、いいのよ、いいのよ。ぁあああ、もうダメ。突いて。突いてよぉ」

プライドも何もかも打ち捨てた様子で、腰をもどかしそうに打ち振る。

芳郎は冴子を抱き寄せて、二人の胸が密着する体位で、下から突きあげてやる。

背中と腰をがしっと引き寄せて、つづけざまに腰を撥ねあげる。

すると、勃起が斜め上方に向かって、女の祠《ほこら》を擦りあげて、

「あんっ、あん、ぁあんっ……」

冴子が耳元で激しく喘いだ。

「いいの。突き刺さってくる。もっと、突き刺して。子宮まで貫いて」

「よし、子宮まで貫いてやる」

芳郎はいったん結合を外し、冴子を仰向けに寝かせた。

正面から再突入し、すらりと長い足を肩にかけて、ぐっと前に屈んだ。

腰のところから二つ折りにされて、冴子がつらそうに呻く。

だが、この体位はペニスの大小にかかわらず、奥まで届く。子宮口に亀頭があたっているはずだ。

ほぼ真下に見える冴子のととのった顔を見おろしながら、上からぐさっ、ぐさっと打ちおろした。

切っ先が扁桃腺のようにふくらんだ子宮口を強く押して、

「あっ……あっ……くうぅ、あたってる。いいところにあたってるのよぉ」

冴子が、シーツに突いた芳郎の腕をぎゅっと握って、見あげてきた。

潤みきった瞳には、男にすがる女の弱さと依存心が垣間見えて、芳郎は冴子を愛おしいと感じた。

そろそろ、芳郎も限界を迎えようとしていた。ひさしく男女の営みとは離れていたのだから、ここまでできたのが奇跡に等しい。

最後の力を振り絞って、ぐいぐい打ち込むと、まったりした粘膜が吸いついてきて、芳郎も追い詰められていく。

しかし、冴子をイカせるまでは、絶対に出してはいけない。

冴子に、男のすごさを思い知らせてやるのだ。そして、芳郎への思いをあらためさせ、反省させる。

歯を食いしばって、腰を振りおろした。ほぼ真上から、槌と化した男根が膣肉を深々とうがち、

「あっ、あっ……ぁああ、只野さん」

冴子が初めて名前を呼んでくれた。

「どうした？　どうしてほしいんだ？」

「……イカせて。お願い」

「それでいいんだ。素直でよろしい」

芳郎はガス欠寸前のエネルギーを搾りだす。

腰を大きく振りあげて、振りおろし、締まってくる肉路を攻めたてる。つづけざまに打ち据えると、

「あん、あん、ぁああん……ぁああ、ぁあああぁぁ」

冴子は喉の奥がのぞくまで口を開き、両手を頭上にあげて、ヘッドボードを押す。つるつるに剃られた腋の下があらわになり、たわわで形のいい乳房がぶるん、ぶるんと波打った。

いったん打ち込みをやめると、冴子は素に戻ったのか、

「誤解しないでよ、これは職務遂行のためなんだからね」

苦しい言い訳をする。

「わかってる。そうら」

芳郎がまた力強く打ち据えると、

「あん、あんっああ……イキそう。ねえ、イカせて」

冴子はさしせまった声をあげ、眉をハの字にして、哀願してくる。

芳郎ももう限界を迎えようとしていた。

「そうら、イケ」

しゃにむに打ち込んだとき、

「ぁああ、ぁあああぁ、悔やしい。悔やしいけど、気持ちいい……イク、イク、イッちゃう……イカせて。お願い」

「俺も出すぞ。きみのなかに出すぞ。そうら、イケ!!　おおおおっ」

「やぁあああああああああぁ、イク、くっ！」

冴子がのけぞりかえった。

芳郎の腕を痛いほど、ぎゅっと握りしめ、反りかえった状態で、がくん、がくんと躍りあがっている。

ダメ押しとばかりにもう一突きしたとき、芳郎も至福に押しあげられた。

脳天がぐずぐずになるような強烈な射精感が、全身を満たしていく――。

第二章　部下のバスローブ

1

ホテルのレストラン街にある高級居酒屋の個室で、芳郎の胸は静かに高鳴っていた。

前回の冴子を相手にしたときの、リベンジに燃えるといった心境ではなく、とても温かく、懐かしさに似た、じんわりとした高鳴りである。

座卓の向こうでは山下逢子《やましたあいこ》が座椅子に座り、腰を浮かして、湯気の立つ寄せ鍋をレンゲですくって取り分け、

「はい、どうぞ」

芳郎の前のテーブルに、取り皿を置く。

「ああ、ありがとう。美味しそうだ」

「やはり、冬は鍋ですね」

ボブヘアの逢子が大きな瞳の目尻をさげて、天使のような笑みを浮かべる。

「そうだな。きみももっと食べたらいいよ」

「ふふっ、ちょっと控えているんです」

「そうなの？ ダイエットは必要ないように思えるけど」

逢子は小柄で胸やお尻は立派だが、腕や足は細くて贅肉もついていないから、ダイエットなどするだけ無駄だ。

「ダイエットのためではありません」

「んっ、じゃあ？」

「課長さん、女心がわかってないんですね」

芳郎はただただ頭をひねる。

「お腹が出るから」

「えっ……？」

「もう、察しが悪いんだから……いっぱい食べると、胃がぽっこりと出るんです。

それを、課長さんに見られるのがいやなんです。もう、こんなこと言わせないでくださいよぉ」

逢子が拗《す》ねたように、上目づかいで芳郎を見る。

(ああ、そういうことか……)

今夜これから、逢子は芳郎に抱かれる。

なぜなら、芳郎が早期退職の代わりに、女性社員を一晩自由にできるという特典の、相手のひとりに逢子の名前を挙げたからだ。

名前の挙がった女性全員が応じなければいけないという義務はない。もちろん、拒否することだってできる。

この前代未聞の取引に、女性社員が応じる要因は、

①　会社によく思われたい。つまり、出世のため。
②　お金が欲しい。つまり、かなりの報酬がもらえる。
③　芳郎と寝たいと思っていた。つまり、渡りに船。

――の、三つが考えられる。冴子は①だった。

逢子は出世欲はまるでないから、②か③がモチベーションになっているのだろう。たぶん、③だ。いや、そう思いたい。

山下逢子は現在二十四歳で、入社して二年目を迎えている。

入社当時、逢子はくりっとした目をきょろきょろさせて、自信なさげだった。仕事もまるでできなかった。

そんな逢子を、芳郎は上司として厳しく、なおかつ懇切丁寧に指導した。

逢子は芳郎を慕ってくれ、とにかく一生懸命でけなげだった。生来、頭の回転は悪くないのに不器用なのか、呑み込みは遅かったが、一度体得すると応用が利いた。

また、他人が嫌がることを率先して行い、その手柄を独り占めしようという嫌な自己顕示欲もなかった。

残業も一緒にして、帰りには、独身でひとり住まいの逢子と夕食をともにした。もちろん、オゴリだ。

そうこうするうちに、逢子に上司と部下という関係以上の感情を抱いた。だが、新人OLに五十過ぎの冴えない課長が手を出せるわけがなかった。

先日、芳郎が退職する際には、逢子が代表して、はなむけの花束を渡してくれた。

そんな子を指名したことに、若干の申し訳なさを感じてもいた。冴子のときとは違って今回はリベンジなどではなく、逢子を抱きたいという男としての気持ちだった。

「わかっていただけましたか？」

「ああ……でも、お腹がぽっこり出ていても、俺はいっこうに気にしないんだけどね。むしろ、かわいいじゃないか」

「……たぶん、気持ちの問題なんです。お腹ぽっこりの自分が許せないんです。一度気になってしまうと、乗っていけないから、課長さんにも迷惑がかかると思うんです」

芳郎にはまったく理解できないが、しかし、そこまでして芳郎によく思われたいという女心をかわいいとも感じる。

「わたしに気を使わないで、課長さんはいっぱい食べてくださいね」

逢子がにこっと目尻をさげる。

だが、考えてみると、芳郎だって、食べすぎがいいわけがない。

この歳になってお腹が出るのはいっこうにかまわないが、消化のほうに血液が動員されて、肝心のものに血液がまわらないと、マズい。

とは言うものの、せっかくの寄せ鍋を無駄にするのも、勿体ない。

(まあ、いいか。時間はたっぷりある。食べてから、休んですれば)

取り皿の具材を口に運びながら目をやると、逢子は枡に入ったコップ酒を啜っている。

すでに、酔いがまわったのか、アイドル顔の目の下がぼうと朱に染まって、白いタイトフィットのセーターが大きな胸のふくらみを浮きあがらせている。

(とうとう、この身体を抱けるのだな)

途端に、股間のものが力を漲《みなぎ》らせてきて、

(うん、これなら大丈夫だ)

芳郎は鹿児島産の黒豚を噛んで、その甘い脂肪を味わった。

2

一足先にシャワーを浴び終えて、芳郎は高層ホテルの部屋から、夜景を眺めていた。逢子がシャワーを使う音が聞こえてくる。

さすがにホテル代までは、会社は面倒みてくれず、自分持ちである。

デリヘルや出会い系だって、部屋代は男が自腹を切ることに決まっている。考えたら、これは会社という組織の女性から、好きな者を選べるデリヘルだと思えないことはない。

いくらリストラ推進策とはいえ、会社も思い切ったことを考えたものだ。

(アイデアを出したやつは、天才だな)

そんなことを思いながら、大きな窓から夜景を眺めていると、バスルームのドアが開く音がして、逢子が出てきた。

白のバスローブをまとい、ちょっと恥ずかしそうに顔を伏せている。

前髪を眉の上で一直線に切りそろえたボブヘアがよく似合う。

実際は二十四歳だが、パッと見にはまだ二十歳前後にしか見えない。

逢子は窓際にやってきて、芳郎の隣に並んだ。背が低く、頭のてっぺんが芳郎の顎の位置にある。

上から見る形になるので、バスローブの襟元から、たわわな乳房の上側の斜面がのぞいてしまう。大いにそそられながらも、相手が逢子だからこそ芳郎は慎重に接する。

「こんなことを頼んで、申し訳なかったね。もしいやなら、何もしなくていいからな」

「しなくていいんですか？」

逢子がこぼれ落ちそうな目を向ける。

「いや……そうだな。添い寝してもらえればいいかな。少し前に、ソフレってのが流行ってたそうじゃないか」

「ほんとに、それでいいんですか？」

「いや、まあ、そりゃあ、いろいろとできたほうがありがたいけどね」

答えた直後に、逢子が抱きついてきた。

バスローブの胸に顔を埋めて、じっとしている。

とまどいつつも、芳郎も抱き返して、さらさらの黒髪に顔を押しつける。リンスだろうか、清潔感のある香りが鼻孔をくすぐる。

「……課長さんとこうしていると、幸せです」

逢子が顔を埋めたまま、うれしいことを言ってくれた。

「すごくいろいろと面倒見てもらって……感謝の気持ちをお伝えしたかったんです。でも、何もできなくて。だから、呼んでもらえてうれしかった」

そう胸のなかで言って、頬を擦りつけてくる。

「そう言ってくれると、俺もほっとするよ。じつは、罪悪感を少し持っていてね」

「えっ？　どうしてですか？」

逢子が見あげてくる。

「その、何ていうか、制度を使って無理やりきみを従わせたっていうか」

「そんなことないです。わたし、いやだったら、断りました」

「そうか……でも、逢子ちゃんには、ボーイフレンドとかいるだろうしね」

「ふふっ、いることはいるんですけど、なかなか上手くいかなくて」

「えっ？　どういうところが？」

「……ううん、同い歳なんですけど、何か頼りなくて、信頼できないんです」

「ふうん、たとえばどんなところが？」

「すべてですけど。でも、やっぱり、こういうとき、つまり、セックスするとき、身を任せるのが怖くて……」

「なるほど。感じないの？」

逢子はこくんとうなずき、

「すごく身体が開発されてて、こうされると感じるってパターンがある女性はそうでもないと思うんですけど、わたしみたいな未開発の女だと、そのパターンがないから。ほんとうに信頼できて、心から身をゆだねられる人でないと、ダメみたいです」

「慣れじゃないのかな？　もっとお互いに馴染《なじ》んでくれれば、変わるんじゃないの？」

「そうだと、いいんですけど……」

「たとえば、俺だったら、信頼できる？」

思い切って訊くと、

「はい」

逢子が即座に答えを返した。

「じゃあ、身をゆだねられそう？」

「はい、身をゆだねたいです」

「失望するかもしれないぞ」

「ふふっ、大丈夫ですよ。一度、築かれた信頼はそう簡単には壊れませんから」

「こんなことをしても？」

芳郎がバスローブの上から、尻たぶをぐいとつかむと、

「あんっ……」

逢子がびくっとして、腰を前に逃がした。

「俺はね、たぶんきみが思ってるような、やさしい男じゃない。きみを指名したのだって、この若くてぴちぴちした身体を思う存分抱いてみたかったからだ。そういう肉体的な欲求がすごくあるんだ」

「うれしいです。すごくうれしい。だって、心と身体って切っても切り離せないものでしょう？」

「そう言ってもらえると、気持ちが楽になるよ。俺はどうしようもないオジサンだし、きっとオジサンなりにしかきみを愛せないと思う。すごく、いやらしいし、軽蔑されるんじゃないかってね……」

「ふふっ、それでいいんです。気取らなくていいんです。いやらしくしてもらえれば……」

「きみはほんとうにもののわかっている人だな。ますます、惚れた」

芳郎はバスローブをたくしあげて、ぷりっとした尻肉をじかに撫でさすり、鷲づかみにした。下から持ちあげるようにして、たぷたぷした肉感を味わうと、

「ぁああんっ……ほんとうにエッチなんだから」

逢子がつぶらな目で、悪戯っぽくにらんでくる。

「そうだよ。俺はすごくスケベなんだ」

居直って言い、逢子の手をつかんで、股間に導いた。

子供のような手がバスローブの前をはだけて、肉茎をそっと触ってきた。

半勃起していたものがしなやかな指を感じて、たちまち力を漲らせる。

それがわかったのか、逢子は微笑み、今度は肉柱を握って、おずおずとしごいてくる。

「ああ、気持ちいいよ。きみの指を感じるだけで、どんどん硬くなる」

言いながら、尻たぶに指を食い込ませて、ぐいぐい揉み込む。

「ぁあん……そんなに揉まないで」

逢子は胸板に顔を埋め、右手で怒張を握って、ゆるゆるとしごいてくる。

すぐにでもベッドに入りたくなった。

だがその前に、高層ホテルの二十五階というせっかくのシチュエーションを満喫するのが、大人のやり方だ。

芳郎は逢子の背後にまわって、肩越しにバスローブの襟元に右手をすべり込ませた。すぐのところに乳房が息づいていて、柔らかなふくらみが指に吸いついてくる。胸が大きいのはわかっていたが、想像よりずっとたわわで、揉みがいがある。

手さぐりで乳首を捏ねると、それが一気にしこってきて、

「ぁあん……」

逢子が低く喘ぐ。

いつもは、どちらかというと声が高いほうなのだが、今の声は低かった。その身体の底から絞り出すような低い喘ぎに、芳郎の欲望がぞろりとうごめく。

「逢子ちゃん、前を向いてごらん。何が見える?」

肉の塊を揉みながら言う。

正面には大きな窓があって、ガラスには二人の姿が映り込んでいる。外が暗く、部屋が明るいので、ガラスが鏡のようになっているのだ。

外の夜景も当然見える。満天の星が煌めく夜空をバックに、幾つもの高層ビルが摩天楼のようにそびえたっている。

「夜景がきれい。だけど、わたしが映ってる」

ぼそっと答えて、逢子が目を伏せる。

「もっと、恥ずかしくしちゃうぞ」

芳郎は、逢子のバスローブの紐をほどいて、まろびでてきた乳房を右手で揉みしだく。と、逢子が不安そうに言った。

「……わたしたち、外から見えちゃいますよ。向こうのビル、部屋に明かりが点いてるもの」

「たとえ見えたとしても、俺たちが何者かはわからないんだから。旅の恥はかきすてだよ」

「だって、旅じゃないですよ」

「もののたとえだよ。一度きりしか、出会わないってことだ。それに、きみのオッパイはこんなにきれいなんだから」

鏡と化した窓ガラスには、おそらくEカップはあるだろう、お椀型のきれいな乳房が映っていた。

ガラスのなかの二人を見ながら、量感あふれるふくらみを揉みしだくと、マシュマロみたいに柔らかな乳肉が手のなかで、くにゃりくにゃりと形を変えながら、まとわりついてくる。

中心でせりだしているピンクの乳首を指に挟んで右に左に転がすと、

「んっ、んっ、ぁあああん。課長さん、そんなことしちゃ、ダメです」

逢子がうつむいて、いやいやをするように首を振る。

「きみのこのオッパイをずっと触りたかったんだ。願いが叶って、指が悦んでるよ。すごい、もうこんなに勃ってきた。敏感なんだね」

しこってきた乳首を指腹で押さえて、くにくにと転がすと、

「ぁあああんっ……ダメ。あっ、あっ……」

逢子は、芳郎の手に手を重ねるようにして、のけぞって喘ぐ。

「ほうら、感じてきた。すごく感じやすいんだね」

「だって、課長さんだから。彼にはこんなに感じないもの」

「うれしいよ、すごく。逢子ちゃん、窓を見られる？」

「はい……」

「いいよ。映ってる自分から目を逸《そ》らさないで」

「はい……」

逢子はじっと窓に映った自分の姿を見ている。

都会の夜景を背景に、乳房を揉まれている自身の姿を目の当たりにして、逢子は何を思うのだろうか？

困ったような顔をしているが、決して目を逸らさずに、視線を釘付けにされて

いる。やはり、女性は毎日鏡を見てお化粧しているから、ナルシシズムが発達してくるのだろう。

芳郎も窓に映り込んでいる二人を見ながら、乳首を捏ね、引っ張りあげて、左右にねじる。すると、それがいいのか、

「ぁあああぁ、これ……あっ、あっ……」

びくん、びくんと震えて、逢子が顔をのけぞらせる。

芳郎が手をつかんで後ろに導くと、逢子はバスローブから突き出している肉柱をしっかりつかんで、きゅっ、きゅっとしごいてくる。

「ぁああ、恥ずかしいよ。これ、恥ずかしいよ」

羞恥に身を揉みながらも、窓のなかのもうひとりの自分を、困ったような顔で見ている。

「きみとずっとこうしたかったんだ。我慢するのが大変だった」

「ああ、わたしも。ほんとうは課長さんにこうされたかった」

「ありがとう、俺なんかを好きになってくれて……逢子ちゃんにお礼がしたい。そうだな、窓につかまってみて」

「こうですか？」

逢子が窓下に両手を突いた。

芳郎は尻をつかみ寄せて、背伸ばしの柔軟体操をする形で後ろに突きださせる。

バスローブの裾をまくりあげて、真後ろにしゃがむと、

「ぁああ、いやですっ……」

逢子が尻を逃がした。

「お礼がしたい。きみに快感というプレゼントをしたいんだ」

言うと、逢子の動きが止まった。

芳郎はぷりっとしたヒップの桃割れの底にしゃぶりついた。足が長いので、尻が随分と上についていて、小さくまとまっている。

女陰はこぶりだが、ぷっくりして肉厚で、狭間に舌を這わせると、陰唇がひろがって、内部のぬめりがぬっと姿を現した。

舐めているうちにわかったのだが、陰毛が極めて薄く、生え方もまばらで、やわやわした繊毛からはヴィーナスの丘が透けて見える。

まるで、少女の割れ目をクンニしているようで、妙な昂奮を覚えた。

最初は押し黙っていた逢子だったが、狭間を舐め、小陰唇と大陰唇の間の皮膚に舌を走らせ、さらに、小ぶりの陰核を舌であやすと、

抑えきれない声を洩らして、がくん、がくんと膝を落としかける。

「あっ、あっ、あっ……」

唇を花肉に接したまま訊くと、

「気持ちいいかい？」

「はい。気持ちいいです。最高の贈り物です……ぁああ、ぁああん、そこ！」

「クリちゃんが、いいんだね？」

「はい……」

「剝いて、大丈夫？」

「ええ。じかにされたほうが……」

「よし」

笹舟形の切れ目にせりだしている肉芽の包皮を指で剝くと、赤く色づいた本体がぬっと出てきた。とても小さくて、濡れた突起を舌先でちろちろとあやした。

「うっ……あっ、あっ、はううう」

逢子は窓下を両手でつかみ、びくっ、びくっと腰を震わせる。

（すごく敏感じゃないか……彼氏はどんな愛撫をしているんだ？）

知りたくなって訊いていた。

「彼氏はこういうことしてくれないの？」

「……してくれるけど、感じなくて」

「そうか……よし、もっと気持ち良くしてあげる」

芳郎は、いっそう飛び出してきた陰核を、その周囲を指で押したり、本体をもぐもぐと口で揉み込む。すると、逢子はもうこらえきれないといった様子で、

「ああ、ぁあああ……ダメです！」

「どうして？」

「だって、イッちゃう。イキそうなんです……あっ、あっ」

がくん、がくんと膝を曲げる。

「いいんだよ。イッて」

「だって、早すぎるわ……」

「いいんだ。イッてくれれば、俺もうれしいんだから」

芳郎はここぞとばかりに陰核を頬張り、吸い、舐め転がす。

「ああ、ぁあああああ……そう、そのまま……」

逢子が言う。芳郎が連続して、舌を肉芽に打ちつけると、

「ぁあああ、イキます。イッちゃう……ぅあっ……」

逢子は生臭く呻き、躍りあがるようにして一瞬身体を伸ばし、それから、へなへなっと床の絨毯に崩れ落ちた。

3

二人は裸になって、ベッドに横たわっていた。

さっき逢子はクリトリスを舐めただけで、気を遣《や》った。それだけ、芳郎に身を任せくれたのだ。そのことがうれしい。

「わたし、すぐにイッちゃって……彼にされても、こんなにはならないんですよ」

逢子が隣で恥ずかしそうに言った。

「ほんとう？　俺を悦ばせるために話を盛ってない？」

「ウソなんかついてません。ほんとうです。疑うなら、もう帰ります」

逢子が珍しく怒りをあらわにした。

「ゴメン。ちょっと確かめたかっただけだから。今の怒りで、完全に疑いは晴れた」

「そうですよ、もう……もっと、ご自分に自信を持ってください」

「自信を持っていいかな？」

「はい……それに、課長さん、愛撫がすごくお上手です」

そう言われると、何でもできそうな気になる。

しばらく女体と接しておらず、下手になったのではと不安だったが、『昔取った杵柄』というやつで、一度身につけたものは忘れられないものらしい。

右手を伸ばすと、逢子が二の腕に頭を乗せて、腕と肩の付け根に顔を置き、右足を芳郎の下半身に乗せてくる。

「添い寝って、こんな感じでいいんですか？」

「ああ……いいよ。しばらくこうしていよう」

若い女の肌を感じる。呼吸をするたびに波打つ乳房を感じる。腕枕しているだけで、若いエネルギーが体内に沁み込んでくる。

「わたし、課長さんがいなくなったら、どうしていいかわからない」

と、逢子が呟いた。

耳元で囁いて、ぎゅっとしがみついてくる。

殺し文句だった。胸を撃ち抜かれたようで、すぐに言葉が出てこない。だが、ここは年上らしく、逢子を励ましたい。

「……俺なんかいなくても、きみはもう大丈夫だよ」

「でも……」

「独り立ちできるように、育てたんだ。だから、大丈夫だ」

「でも、わたし、今、いじめられているんですよ」

「えっ、誰に？」

いやな予感がした。

「石神冴子さん。石神課長です」

ああ、やっぱり――。

以前から、冴子はちょっとかわいい女性社員に対して敵愾心《てきがいしん》を抱くのか、つらくあたることが多かった。おそらく、芳郎がいなくなって、護る者がいなくなった逢子が今、パワハラの的になっているのだろう。

この前、芳郎が冴子を抱いたことで、逆に芳郎を恨んで、その教え子とも言うべき逢子を標的と定めたのかもしれない。

もちろん、芳郎がこのシステムで誰と寝たかは公表されていないから、逢子にはそのへんの事情はわかっていないはずだ。

「石神くんか……困ったものだな。よし、彼女に言い含めておくよ」

「ありがとうございます」

「あの子は元はと言えば、俺の部下だったんだ。途中であんなになってしまって……俺がいけないんだ。育てそこなった。だから、俺にも責任がある。何とかするよ」

「よかった。課長さんに相談してよかったです」

「相談してくれてよかった」

髪を撫でながら、冴子にいじめをやめさせる方法を考えていると、逢子の顔が少しずつさがっていった。

胸板にちゅっ、ちゅっとキスをして、乳首を舐めてくる。唾液とともに乳首を転がされると、下腹部のものが力を漲らせてくるのがわかる。

と、逢子の手がおりていって、屹立を柔らかく握り、ゆったりとしごいてくる。

乳首を舐められつつ、イチモツを握りしごかれるのが、こんなに気持ちいいとは思わなかった。

「ふふっ、課長さんの、カチカチ……」

逢子の身体がおりていき、次の瞬間、肉柱にキスされた。

亀頭をちゅっ、ちゅっと小鳥のようについばみ、根元をゆるゆると擦ってくる。

それから、鈴口を指で開いて、割れ目に沿って舌先を這わせる。

(んっ？　上手いじゃないか)

あまり体験がなさそうだったから、その達者さに違和感を覚えた。だが、もう二十四歳なのだから、このくらいできて当然なのかもしれない。おそらく、今つきあっている彼氏に仕込まれたのだ。

悔しいが、仕方がない。

逢子は亀頭の出っ張りを舐めながら、ぐるっと一周させると、今度は上から頬張ってきた。途中まで咥えて、ゆったりと顔を打ち振る。

(くうぅ、何だ、この気持ち良さは？)

逢子は口が小さめで、唇がふっくらしているから、締めつけ感とソフトなタッチが相まって、非常に具合がいいのだ。本人や彼氏は気づいてないのだろうか？

芳郎はぷにっとした唇が表面をすべっていく心地よさに酔った。

逢子は斜め横から肉棹を咥え、こちらに尻を向けているので、かわいい尻がまともに見える。

胸が大きい割には、こぶりでまとまった臀部だ。左右の尻たぶの間には、セピア色の窄まりが皺を集め、その下にはくっきりとした割れ目が見える。

ぷっくりとして、まるで処女かと見紛うばかりの穢《けが》れなき肉の花がうっすらと口をひろげ、内部のピンクが大量の蜜でいやらしくぬめ光っている。

そして、ヴィーナスの丘には、春まだ浅き若草がカスミソウのようにやわやわと生えている。

最近はこんなフレッシュな女性器にお目にかかったことがなかった。

見とれている間にも、逢子は「んっ、んっ、んっ」と声をスタッカートさせながら、肉棹に唇を勢いよくすべらせる。

(ああ、こうだった。この子は何をするにも全力を注いでいたな)

その一途さに惹かれてしまうのは、自分に一途さが失われているからだろう。

(俺も、この一生懸命さを取り戻したい)

会社は辞めてしまったが、自分にはまだまだできることがあるような気がする。

柔らかな唇で亀頭冠を中心にしごかれ、根元を指で強めに摩擦されると、得も言われぬ快美感がせりあがってきた。

だが、年下のOLの愛撫に身を任せてばかりではいられない。この歳になると、自分の快楽を貪ること以上に、女性に感じてもらいたくなる。

相手が喜悦に噎せんで、絶頂に昇りつめて初めて、自分も満足できる。いいセックスをしたという実感が湧く。

芳郎はこちらを向いた尻たぶを撫でさすり、狭間を指でなぞった。すーっとひと撫ですると、

「んっ……!」

ビクッと尻が震えて、口のストロークが止まった。

いっそう滲んできた蜜を陰唇や狭間になすりつける。ぬるっ、ぬるっと指がすべって、

「……ぁあん、ダメっ」

逢子は肉棹を吐き出して、尻をもどかしそうにくねらせる。

「きみのアソコを舐めたい。またいでくれないか」

「でも……また、すぐにイッちゃう」

「そんなことを心配してるの？　大丈夫だよ。どんどんイッていいんだから。ほらっ」

尻をかるく叩くと、逢子はゆっくりと足をあげて、芳郎の顔面をまたいでくる。

尻を頂点にＭ字にひろがった左右の太腿の合わさるところに、濡れそぼった若

い器官がひろがって、赤裸々なぬめりをさらしている。

芳郎は指で花びらをひろげて、狭間にしゃぶりついた。舌を這わせると、

「ぁああ、ああん……課長さん、ダメっ……あんっ」

逢子は背中を反らせながら、肉棹をぎゅうと握り込んでくる。

陰唇の外側にツーッと舌を走らせると、これも感じるのか、

「ぁああん……そこ……」

ビクッ、ビクッと尻を痙攣させる。

敏感である。こんなに性能のいい身体をしているのに、恋人相手に感じないのが不思議だ。だが、自分にだけ感じてくれているとすれば、それは男冥利《みょうり》に尽きる。

芳郎はここぞとばかりに、陰核の突起にちろちろと舌を走らせる。さらに指で包皮を剝いて、じかに肉芽を舐めると、逢子は肉棹を握りしごきながら、

「ぁあんん、ぁああん」

と、かわいらしい声をあげて、顔を上げ下げする。だが、これでは物足りない。

「逢子ちゃん、その……言いにくいんだけど、アレを咥えてもらえるとうれしいんだが」

「あっ……」

忘れていました、とばかりに逢子が肉棒にしゃぶりついてきた。

芳郎の舌に翻弄されながらも、懸命に勃起に唇をかぶせて、すべらせる。

逢子は根元を握りしごきながら、先のほうに唇をかぶせて、さかんに顔を打ち振る。

一心不乱に唇をすべらせるそのけなげさが、たまらなかった。

「んっ、んっ、んっ……」

たてつづけに唇で摩擦されて、芳郎はもう我慢できなくなった。

「いいよ、ありがとう。きみとひとつになりたい」

言うと、逢子は待っていましたとでもいうように顔をあげて、芳郎の指示に従ってベッドに仰向けに寝た。

逢子は期待に胸ふくらませている様子で、眩しそうに芳郎を見ている。

(よし、期待にこたえようじゃないか)

こんな男らしい気持ちになったのは、仕事でもセックスでも、ひさしぶりだ。

冴子を相手にしたときとは、モチベーションの質が違う。

膝をすくいあげ、屹立を慎重に押し込んでいく。

入口はとても狭かった。窮屈な箇所を突破すると、狭隘《きょうあい》な肉路が硬直を包み込んできて、

「はうぅぅ……！」

逢子は両手を赤子のように曲げて顔の横に置き、顎を高々とせりあげた。

「ううム……」

と、芳郎も奥歯を食いしばっていた。

若いだけあって、締めつけが強い。やはり経験が少ないのか、肉路にこわばりがあって、それがまた強い刺激を生む。

「ああん、課長さん……」

逢子が両手を伸ばして求めてくるので、芳郎は覆いかぶさっていく。

何かにすがるような逢子の目が、たまらなかった。唇を押しつけると、逢子も唇を開き、迎え入れ、舌を積極的にからませてくる。

今の若い子は、キスに慣れているのだろう。よく動く舌が口蓋をなぞり、歯茎をツーッと横にすべる。

芳郎は上手すぎるキスにたじろぎながらも、唇を合わせたまま、腰を躍らせる。

すると、屹立が狭い膣をうがち、根元が陰核を擦りあげて、

「んんっ……んんっ」

逢子はくぐもった声を洩らしながらも、ぎゅっとしがみついてくる。

キスをやめ、腕立て伏せの形で打ち込みながら、逢子を見た。

逢子は大きな瞳を潤ませて、芳郎を見あげている。

その目がふっと閉じられ、重なった睫毛が細かく震える。

そして、芳郎が打ち込むたびに、巨乳と言って差支えのない乳房がぶるん、ぶるるんと豪快に揺れて、

「あっ……あっ……」

逢子は断続的に喘いで、芳郎のシーツに突いた腕を握りしめてくる。

ボブヘアの前髪がはだけ、額が出ると、いっそうかわいらしい。

眉をハの字に折り、ぎゅっと目を閉じ、顔をせりあげながら、「あぅ、あっ」と喘ぐ。

のけぞった首すじの儚《はかな》げな細さと、グレープフルーツみたいにたわわすぎる乳房の対比が、ひどくいやらしい。

波打つ乳房の中心からせりだしたピンクの乳首が、薄赤色に色づき、まるで誘っているようだった。

芳郎は少し背中を曲げて、乳首にしゃぶりついた。

痛ましいほどに勃起した乳首を舌で上下左右に転がし、かるく吸う。

「ぁあぁ……課長さん!」

「どうした?」

「そこ、弱いの。だから、吸っちゃダメ。絶対にダメっ……ぁあああ、くうぅ」

ダメと言われることをやりたくなるのが男の性《さが》だ。

しこりきった乳首を強く吸うと、それに連動して膣肉が収縮し、肉棹をきゅ、きゅっと食いしめてきた。

「くうぅっ、すごい。逢子のオマ×コが締めつけてくる」

「ぁああ、わざとしてるんじゃないんですよ。自然に……ぁあああ、いい。吸って、乳首をいじめてください」

芳郎は左右の乳首を吸いまくった。

右側の乳首を舌でれろれろと弾きながら、左側の乳首を指でつまんだ。

きゅーっと引っ張りあげておいて、左右に強くねじる。

「ぁああん……それ、ダメぇ」

さしせまった声と同時に、肉棹を咥え込んだ下腹部が何かをせがむように押しあがってくる。

動かしてほしいのだと思って、ゆるやかに抜き差しをする。と、膣肉がきゅっ、きゅっと締まって、

「ぁああ、感じます。課長さんのおチンチンを感じるの。いっぱいよ。いっぱい感じるぅ」

芳郎もいつの間にか彼女のペースに引き込まれていた。感度の良すぎる女を前にすると、男は自分のペースを失う。

今度は左側の乳首に吸いつき、同時に右側の乳首を指でいじる。上から押し潰すようにして、ぐにぐにと捏ねると、

「あっ、あっ……それ、すごく感じる……あっ、あっ」

逢子は顎をせりあげて、心底気持ち良さそうな声をあげる。

「これは、どうだ？」

芳郎は顔をあげて、左右の乳首をいじる。引っ張りあげて、左右にねじる。

と、逢子はまるで両方の乳首で吊りあげられているように胸をせりあげ、

「ああぁぁぁぁ！」

喘ぎを長く伸ばし、M字に開いていた足をピーンと伸ばそうとする。

(足を伸ばさないとイケないタイプか?)

ならばと、足をおろして伸ばさせ、揃えて一直線になった両足を左右から挟みつけた。

乳首への仕上げとして、左右の乳房を両手でぎゅうと真ん中に集める。

そして、距離の近くなった乳首を交互に吸う。

鶯の谷渡りのごとく、猛スピードで右、左、また右と、吸っては吐き出すを繰り返すと、

「ダメ、ダメ、ダメっ……イッちゃう」

逢子は顔を左右に振り、恥丘を擦りつけてくる。

(よし、もうひと息だ!)

鶯の谷渡りを繰り返していると、逢子が言った。

「課長さん、噛んで。乳首を噛んで!」

芳郎が乳暈ごと乳首をガジッと甘噛みした次の瞬間、

「うわっ……!」

逢子は全身を真っ直ぐに伸ばして、痙攣しだした。

震えながら気を遣っている逢子を、芳郎はやさしく抱きしめてやる。

自分が育てたかわいい部下という思いがあるせいか、芳郎のイチモツはいまだにいきりたっている。

絶頂の痙攣がおさまるのを待って、前髪をかきあげ、額にちゅっ、ちゅっとキスをした。

と、逢子はぱっちりとした目を見開いて、はにかんだように芳郎を見た。

「恥ずかしいわ。逢子がひとりでイッちゃった」

「ふふっ、もう二回イッたね」

「もう……」

逢子は愛らしく、芳郎をにらみつけて、

「わたしだけ二度も……課長さん、まだ出してないんでしょ?」

「ああ、この歳になると、なかなか出ないんだよ」

「お疲れでしょ?　次は逢子が上になっていいですか?」

「いいけど、無理しなくていいんだぞ」

「全然。それに、課長さんに出してほしいから」

「じゃあ、もう一回戦だな」

芳郎は腰を引いて、結合を外し、ベッドにごろんと横になる。

ホテルの真っ白な天井が見える。と、視界に、逢子の裸身がズームインしてきた。

色白で手足は細いが、乳房が大きいのでそれなりに迫力もあり、セクシーでもある。太っていて巨乳というのは普通だが、痩せていてオッパイが大きいとなると、そのギャップをとてもいやらしく感じる。

天使のような穏やかな笑みを口元に浮かべて、逢子は芳郎をまたいで顔を覗き込み、それから、ゆっくりと腰を落とす。

愛蜜が付着した肉棹をつかんで導き、先端になすりつけるように腰を前後に振って、

「あううぅ……」

と、顔をのけぞらせた。慎重に沈み込んでくる。

切っ先が狭い入口をこじ開けて、温かい蜜壷に嵌まり込むと、

「はうぅ……」

逢子は上体を真っ直ぐに立て、口を半開きにした。

すぐに逢子が動きはじめた。両膝をぺたんとベッドにつき、腰から下を大きく、ゆったりと前後に振る。

いきりたっているものを根元から揺さぶられ、切っ先が奥の子宮口を押しているのがわかる。

「ぁあぁん、いいよ……ぐりぐりしてくるの。ああん、ぐりぐりが気持ちいい。ぁああ、ぁあああああ……あっ、あっ」

逢子は感じすぎて、自分で動くのもつらいといった様子で、がくっ、がくっと震える。

また、腰を振るのだが、すぐに動きを止めて、びくん、びくんと痙攣する。

なかには、動きながら気を遣れる女性もいるのだろうが、逢子は性感が一定以上高まると、動けなくなってしまうタイプなのだろう。

ならばと、芳郎は腹筋運動の要領で上体を持ちあげる。

対面座位の形で、逢子の腰に手を添え、揺り動かしてやる。

「ああ、ああん……課長さん、またイッちゃう。いやよ、いやよ」

そう喘ぐように言いながらも、逢子は芳郎の肩にしがみついて、さしせまった様子で腰を振って、濡れ溝を擦りつけてくる。

芳郎は目の前の乳房にむしゃぶりついた。お椀形の豊かなふくらみに顔を擦りつけ、頂の突起に吸いつき、舌を躍らせると、

「ああん、それ……」

逢子はのけぞりながらも、今度は首にしがみつき、腰から下をぐいぐいと擦りつけてくる。

ミルクを沸かしたような清廉な体臭、たわわなオッパイのしなり——。

幸せだった。

男にとって、仕事も大事だが、女体と接していなければ、ただ虚しいだけだ。

女体に包まれていると、それを痛感する。

(辞める前に、これを味わうべきだった。最初から諦めずに誘えば、逢子も応じてくれたかもしれない)

後悔しながらも、うぐうぐと乳房を吸い、自らも胡坐《あぐら》に組んだ足を上げ下げする。

すると、逢子の肢体も上下に揺れて、

「ぁあああ、幸せです」

逢子がぎゅっと抱きついてくる。

もっと動きたくなって、繋がったまま、逢子の背中に手を添えて、そっと後ろに倒した。

膝を開いて、その間に逢子を仰向けに寝かせ、芳郎は両手を後ろについて、ぐいぐいと腰を撥ねあげる。

「あんっ、あんっ……」

持ちあげた足をぶらぶらさせて、逢子は小気味いい声で喘ぐ。

「気持ちいいかい？」

「はい……気持ちいい。課長さんのおチンチンが突いてくる。逢子のなかにいるわ。ずっといてほしい」

何てかわいいことを言うのだ。この子は男を悦ばせる術を知っている。

(もしかして、俺もこの子の手のひらの上で転がされているのかもしれんな)

だが、それはそれでいいではないか。わかっていて、転がされることも男の甲斐性だ。

芳郎は膝を抜いて、上体を立てた。

逢子の膝の裏をつかんで、ぐいとひろげながら、腹に押しつける。

「ああん、この格好……」

逢子が顔をそむける。

「ふふっ、逢子のオマ×コにおチンチンが刺さっているのが丸見えだ。そうら、見てごらん」

芳郎はぐいと逢子の腰を持ちあげて、マングリ返しの体位を取る。

逢子がおずおずと顔を持ちあげて、結合部分に目をやり、

「ぁあん、いやっ」

顔を必要以上にそむけた。

「ダメだよ。見なくては……きみは恥ずかしいところを見ると、昂奮するんだから。さっき、窓に映った自分を見て、昂奮しただろ？　そうら、突き刺さっていくぞ」

芳郎は上から、如意棒を振りおろした。

処女のような清新な花芯に、怒張がぐさっ、ぐさっと嵌まり込んで、

「ぁああ、すごい……ああん、あんなに深く……」

口ではそう言いながらも、逢子は結合部分に視線をじっと注いでいる。

よし、今だ。

芳郎はここぞとばかりに、連続して、打ち込んだ。

と、逢子は目をいっぱいに見開いて、その光景を食い入るように眺めていたが、その目がふっと閉じられて、

「ぁあああああ……ああ、ああ……」

陶酔したような声を長く伸ばして、顔をのけぞらせる。

「いいんだな？」

「はい……いいの、いいの……イッちゃう。逢子、また、イッちゃう」

逢子は両手を赤子が寝ているように開いて、ベッドを少しずつずりあがっていく。

巨乳を激しく波打たせ、そうせずにはいられないといったように顔を左右に打ち振っている。

また、イカせたくなった。そして、自分も射精したい。

芳郎は足をおろして伸ばさせ、それを両足で挟みつけながら、腕立て伏せの形でぐいぐいと打ち込んでいく。

この姿勢のためか、膣肉がいっそう窮屈になり、恥丘がこつんこつんとあたる

のがわかる。

　それがいいのか、逢子の様子が切羽詰まってきた。

　両手で、芳郎の腕をぎゅっと握りしめ、見あげてくる。つぶらな瞳はうっすらと膜がかかったようで、その怯えるような、媚びるような目がたまらなかった。逢子が訊いてくる。

「気持ちいい？　逢子のオマ×コ、気持ちいいですか？」

「ああ、気持ちいいよ。すごく、いいよ。よく締まるし、いっぱい濡れている。おおおお、すごいぞ。なかがうごめいてる」

「ほんとですか？」

「ああ、ほんとうだ。いいんだぞ。イッて」

「でも、課長さんが……」

「俺も出そうだ」

「ぁああ、一緒に。一緒に」

「ああ、一緒にイクぞ」

　芳郎は小柄な肢体をがしっと抱きしめながら、しゃにむになって、打ち込んでいく。伸びた足を両側から挟み付けるようにして、膣をえぐる。

と、狭隘な肉路で擦られて、射精前に感じる逼迫感が押し寄せてきた。

「ぁあああ、あんっ、あんっ、ぁあんっ……イクわ。また、イッちゃう。また、イッちゃう……一緒に、ねえ、一緒に」

「ああ、一緒だ。出すぞ。出る」

芳郎も頂上に向かって、駆けあがっていく。

「おおぅ、逢子。逢子！」

「ぁああ、課長さん。逢子、イキます……やぁあああああああああああああああ……くっ！」

逢子が顎を突きあげて、足を真っ直ぐにピーンと伸ばした。

「そうら、うっ！」

奥に届かせたとき、芳郎も放っていた。

熱いものが体を満たし、射精の悦びで全身が震えた。

冴子のときとは違って、温かいものに包まれた、二人がひとつに溶けあうような絶頂感だった。

第三章　部長夫人を寝取る

1

　ホテルの部屋で、芳郎は佐伯和代《さえきかずよ》を待っていた。旧姓はたしか木村《きむら》だったはずだ。

（部長夫人なんだぞ。ほんとうに来るんだろうか？）

　今夜は奮発して、ホテルの角部屋でランクが上の部屋を取ってあった。

コーナーを挟んで両側に大きな窓のある広々とした部屋のなかを、芳郎は所在なく歩きまわる。

　じつは、和代とは浅からぬ縁があった。

十年前、芳郎が四十五歳で和代が二十九歳のとき、二人は短い間だったが、つきあっていた。

独身の和代は当時、重役秘書をしていた。芳郎にはすでに妻子があったから、社内不倫だった。

芳郎は仕事で一番脂の乗り切っている時期で、ある重役のもとで仕事をしていたから、その秘書である和代と接することも多かった。

もちろん仕事ができるからと言って、女にもてるわけではなく、社内での恋愛沙汰にはおよそ縁がなかった。しかし、当時すでに妻との間には、秋風が吹きはじめていて、しばらく夫婦の夜の営みもなかった。

芳郎はハードな仕事をこなしながらも、まったく女気がなく、沙漠でのオアシスを求めていたのかもしれない。

重役秘書を勤める、きりっとしていながらも、どこかやさしさが滲む木村和代に惹かれていったのは、自然の流れだったのだろう。

ある夜、芳郎が残業をしていると、和代がふいに芳郎のフロアに姿を見せた。

『只野さん、お疲れさまです。差し入れです』

笑顔で差し出してきたのは、このへんでは一番の弁当屋さんのなかでも最上位にランクされる神戸牛の弁当だった。

芳郎は礼を言って、腹がぺこぺこであったこともあり、その弁当を一気に平らげた。その間、和代はにこにこして芳郎を見守っていた。

そして、芳郎が残りの仕事を片づける間も、彼女は帰ろうとはせず、ケータイをいじって時間を潰していた。

（なぜ帰らないんだ？　俺とこの後の時間を過ごしたいのか？）

そんな当然すぎる期待を胸に、ようやく仕事を終えて和代を見たとき、ドキッとした。

和代は向かい合う形で椅子に座って、足を組んでいた。

細身のスーツを着ていたが、タイトミニのスカートがずりあがって、膝から上の太腿の重なっている部分がかなり際どいところまでのぞいていた。

和代は会社では極力、女の部分を抑えていたが、今思うと、あのときは身体の奥が疼いていたのだろう。さもなければ、和代があんな大胆に自分ごときを誘うはずがない。

和代の芳郎を見る目が、妖しく潤んでいた。

芳郎の目を意識しながら、和代はゆっくりと足を組み換えた。上になっていた足がおろされ、下側の足が大きな弧を描くように組まれたとき、太腿の奥にちらりと白いものが見えた。

そして和代は、芳郎に向けられた黒いパンプスの爪先を円を描くようにまわして、さらには、縦に揺すった。

芳郎は、まるで股間を爪先でぐりぐりされているような錯覚を抱き、当たり障りのない会話を交わしながらも、股間がむずむずしてきたのを覚えている。

芳郎も意識的に足を大きくひろげた。

すでにイチモツは勃起していたから、和代にもズボンのふくらみがはっきりとわかったはずだった。

だが、和代はパンプスでイチモツをあやすように、動かしつづけた。

それから、足をほどいて、膝を開いた。

最初は三十度くらいだった開きが、徐々に角度を増して、直角までにもひろがったとき、芳郎は立ちあがって、和代の足元にひざまずいていた。

事務椅子に座って、足を大きくひろげた和代のパンティストッキングに包まれた足を舐めあげ、そして、股間にむしゃぶりついた。

長い間パンティストッキングに閉じ込められていた女の秘所はむんっとした性

臭を籠もらせて、シームの走るヴィーナスの丘を唇と舌と指で愛撫すると、和代はこの知的な女がこれほどまでにも淫らな声を放つのが信じられないという喘ぎをこぼし、腰を揺らして、ついには、足を芳郎の背中にまわして、ぐいぐいと引き寄せた。

いくらデートに誘っても一度も応じてくれなかったプライドの高い秘書が、なぜか芳郎を誘い、そして、クンニリングスに応えて、腰を揺すっているのだ。

和代が自分を愛してくれているとは思えなかったから、おそらく一時的な性欲の迸りだろう。魔が差すことは誰にもあるのだ。

だったら、このときを逃がしたくはなかった。

『破って……ストッキングを』

和代がふいに洩らした言葉を、十年経った今でもはっきりと覚えている。

芳郎は驚きながらも色めき立ち、肌色のパンティストッキングを苦労して引き裂いた。そして、裂け目からのぞく白いレース刺しゅうのついたハイレグパンティをひょいと横にずらした。

現れた女の恥肉は陰唇がわずかにひろがり、赤く色づく狭間は蜜でぬめ光っていた。そのよじれながらも合わさった陰唇を舐めあげると、

『あんっ……！』

甲高い声が二人だけのフロアに響き、そして、舌を使うごとに和代は膝をひろげ、恥丘をせりあげた。

芳郎がズボンをさげると、転げ出てきた屹立に和代はあわただしくしゃぶりつき、まるで、一刻も早くこれを体内に迎え入れたいとでも言うように、情熱的に頬張り、ジュルルといやらしい唾音を立てた。

その頃には、芳郎は和代を貫きたいという思いで満たされていた。

たとえそれが一時的な気の迷いであったとしても、芳郎が高嶺の花として仰いできた女性秘書を征服することに変わりはない。

そして、和代のフェラチオは、どうしてこの人がここまでしてくれるのか、と首を傾げたくなるほどに献身的なものだった。

本体を吸われ、皺袋をお手玉でもするようにあやされ、芳郎はもうにっちもさっちも行かなくなっていた。

オフィスのデスクに和代を後ろ向きでつかまらせ、腰をぐいと引き寄せて、後ろからの立ちマンで貫いた。

『ぁあああぁ！』

頭を撥ねあげながら、和代はひどく獣染みた声を放った。

その女の業をあらわにした声と、膣のうごめくような収縮にあって、射精しかけたのを今でも覚えている。

背後に立って、その豊かなヒップを引き寄せながら叩きつけると、和代はここが就業後のオフィスであることを忘れたかのように、

『あんっ、あんっ、あんっ……』

と、甲高く喘いだ。

それはまるでしばらく溜め込んでおいた女の欲望を解き放っているような、晴れやかな喘ぎ声だった。

この時間には守衛の見まわりはまだなく、他の社員も帰宅した後ということもあって、芳郎はオフィスをセックスの場として使った。

オフィスでもメイクラブを実行したのは、後にも先にもあの一回だけだった。

立ちバックで一度気を遣った和代を、芳郎は椅子に座って、その上にまたがせる形でふたたび貫いた。

ブラウスの前をはだけ、ブラジャーも押しあげて、じかに乳房にしゃぶりつき、乳首を舌であやした。

すると、和代は乳首が強い性感帯らしく、芳郎の膝の上で腰から下を前後に揺すって濡れ溝を擦りつけ、のけぞりながら、歓喜の声をつづけざまに洩らした。

芳郎の股間は止めどなくあふれでる愛蜜でびしょびしょに濡れ、和代の箍《たが》が外れたような激しい腰づかいに、芳郎のほうがたじろいだほどだった。

当時和代は二十九歳で、性的にも成熟を迎えようとしていた。和代は対面騎乗位でも昇りつめた。

だが、芳郎は初めてのオフィスラブということもあってから、昂奮するもののなかなか射精しなかった。

『只野さん、ただの男じゃないのね』

和代がそう名前にかけて、褒めてくれたことも覚えている。

芳郎はデスクの上を片づけて、スペースを作り、そこに和代を仰向けに寝かせた。

和代に自分の膝をつかんで開かせると、タイトミニがずりあがって、破れたパンティストッキングからのぞく白いパンティは蜜をしみ込ませてよじれながらも、ぴったりと花芯に貼りつき、縦皺をくっきり刻んでいた。

しゃがんで、基底部を横にずらし、こぼれでた下の口を吸い、舐めた。

と、和代はもう自分でも何をしているのか自覚できていないという様子で、デスクを引っ掻いて、残っていた書類や文房具を散乱させ、腰を上下に打ち振り、

『ああ、欲しいわ。あなたのおチンチンが欲しいの……ぁああ、早く、早くぅ』

と、せがんできた。

芳郎は顔をあげて、いきりたつものを太腿の奥に押しあてた。デスクの高さは芳郎が少し爪先立ちをすればちょうどよかった。

ぐちゃぐちゃになっているところに押し込むと、よく練れた肉襞が待ってましたとばかりにからみついてきて、ざわざわとうごめいた。

芳郎は開かれた膝を持ち、激しく突いた。

打ち込むにつれて、女体がずりあがっていくので、それを引き戻して、打ち据えなければいけなかった。

和代は自分の手を制御できなくなっているのか、あっちこっちに動かして、机に載っているものをほほすべて散乱させながらも、

『んっんっ、あんっ……』

と、顎をせりあげた。

最後にはこうしたらイケるとばかりに、自ら乳首をつまんで転がした。

そして、いよいよ我慢できなくなった芳郎がラストスパートすると、和代は乳首から指を離して、両手で机を鷲づかみにし、激しく昇りつめた。

芳郎も直後に射精したのだが、あのときの目が眩むようなエクスタシーは今でも時々よみがえってくるほどの強烈な快感だった。

その後も、和代は時々思い出したように芳郎のもとを訪ねて、二人はオフィスでのメイクラブを繰り返した。

だが、しばらくして、芳郎には大きな転機がやってきた。

芳郎は会社のあるプロジェクトに主体的にかかわっていたのだが、ちょっとしたミスを犯し、突然、そのプロジェクトから外された。そして、芳郎の代わりに抜擢されたのが、今の和代の夫である佐伯義夫《よしお》だった。

自分がささいなミスで交替させられたのが、納得できなかった。

そして、佐伯が同期入社のいわばライバルであったことも、その苛立ちに拍車をかけた。

何か裏取引が行われていたのではないかとさえ勘繰った。

だが、佐伯は順調に仕事をこなし、芳郎以上の成果を出し、最後はそのプロジェクトを成功させたのである。

そしてもうひとつ、佐伯は芳郎の仕事ばかりではなく、女性をも奪っていったのだ。

そのだいぶ前から、いくら芳郎が誘っても、和代は乗ってこなくなっていた。

しばらくして、佐伯と和代の結婚式の披露宴の招待状が届いた。

佐伯は芳郎と同じ四十五歳だったが、離婚をしていて独身だった。バツイチの佐伯と、和代はいつの間にか出来ていたのである。

その後、佐伯は昇進して部長になり、出世争いに負け、不倫相手も寝取られた芳郎は、ずっと課長でありつづけた。

佐伯夫妻には子供ができず、また、秘書としての能力を買われて、和代は今も秘書課のアドバイザーをしている。だから、芳郎は彼女を指名したのだが、まさか、ほんとうに彼女が応じるとは思っていなかった。

自分を誘っておいて簡単に捨て、佐伯に走った和代に、やるかたない思いを抱いていた。

いや、それ以上に佐伯に怒りを感じていた。

自分は佐伯に和代を寝取られた――。

二人への恨みのようなものはいまだに心の奥底にくすぶりつづけていた。

おそらく、芳郎が彼女を指名したのは、出世街道を走る佐伯からその妻を寝取り返してみたかったからだろう。

2

（しかし、まさか、ほんとうに和代が承諾するとは……）

ホテルの角部屋をバスローブ姿で、檻のなかのクマのように徘徊していると、ドアを静かにノックする音が聞こえた。

ドアの覗き穴から、和服姿で佇む和代が見える。

彼女を招き入れて、ドアを閉めた。

窓際に立って、こちらを見る和代の姿に見とれてしまった。

和代はベージュの地に、裾に幾何学模様が散った訪問着を、艶やかに着こなしている。

たまに会社で見かけるときのスーツ姿とはまた違った、淑やかで落ち着いた日本女性の色香に、芳郎は気後れしそうになった。

現在、和代は三十九歳のはずだが、和服が似合ういい女になった。それも部長夫人であるという余裕がなせる業なのだろうか？

気を取り直して、声をかける。

「驚いたよ。まさか、きみが来てくれるとは……」

「……そうでしょうね。なぜ来たか、自分でもよくわからないのよ」

和代が艶然と微笑む。

「でも、いいんだよな。ここに来たんだから、こういうことをしても」

勇気を振り絞って抱きつこうとすると、和代はするりと腕のなかから逃げていく。

「相変わらずセッカチなのね」

芳郎を色っぽくにらんで、

「来たからと言って、あなたを受け入れるとは限らないわよ」

「いや、契約を結んだんだから、きみは俺に抱かれる義務がある」

「契約？　そんなものはわたしにとってはどうでもいいのよ。わたしが欲しかったら、その気にさせればいいじゃない」

目尻のすっと切れた妖艶な目が、挑戦的ににらんでくる。

「きみは俺を裏切って、佐伯に走った。俺のライバルだと知りながら、彼のほうを取った。その報いを受けるべきだ」

芳郎は背後から着物姿をがしっと抱きしめる。

「いやっ……」

逃れようとする和代を力ずくで窓に押しつけ、後ろからその白い半襟が走る襟元に右手をすべりこませた。

すぐのところに左の乳房が息づいていて、ぐにりゃと乳肉が沈み込む感触があった。

「んっ……!」

和代はくぐもった声を洩らし、いやいやをするように首を振る。

乳首が和代の強い性感帯であることはわかっている。着物のなかに差し込んだ手で、柔らかなふくらみを揉み込み、中心の突起を指で捏ねながら、言った。

「きみが初めて、俺に差し入れをしてくれたときのことを、覚えているかい？

俺は今でも昨日のことのように覚えてるよ。オフィスでメイクラブをしたのは、あれが初めてだったしね。当時、俺はもてなかったんだ。今、考えると、きみはそのもてない俺をもてあそんだんだ。弁当を差し入れして、足を開いて誘惑して……俺はまんまとそれに乗った。最初から遊びのつもりだったんだろ？」

耳元で囁いて、乳首をくりっくりっとねじった。

「……うん……あっ……あっ……やめて。違うわ、そうじゃない。あのとき、わたしは只野さんが好きだったの。ほんとうよ」

「ウソだ。だったら、どうして簡単に佐伯と？」

「だって、佐伯さんは独身だった。でも、只野さんは結婚なさっていて、息子さんまでいたじゃない。不倫なのよ。重役秘書がいつまでも社内不倫をつづけるわけにはいかないでしょ？」

「……いずれにしろ、きみが佐伯に乗り換えたことは間違いない。しかも、俺のライバルに……どんな事情があったにせよ、それは許せないよ」

畳みかけると、和代は押し黙った。やはり、思うところはあるのだろう。

「今日だって、俺をからかいに来たんだろ？　部長夫人の自分を見せつけにきたんじゃないのか？」

「……違う。それは違います……」

「じゃあ、どうして？」

詰問しながら、尖ってきた乳首を指に挟んで転がした。

「それは……ぁあああ、ちょっと、やめて」

一気に硬くなった突起がねじれて、

「くうぅ、それはダメ……んっ、んっ、んっ……ぁあああうぅぅ」

和代はのけぞって、いやいやをするように首を振った。

「どうして、今夜ここに来た？」

「……ぁああ、言いたくないわ」

「言いたくない？　そうか……まあ、いい。俺はやることはやるからな」

芳郎は、和代に両手を窓につかせて、腰を後ろに引き寄せる。

「いやっ……」と、和代が窓のカーテンをとっさに閉めた。

その隙に、芳郎は裾模様の散った着物の裾を一気にまくりあげる。現れた白い長襦袢もつづけてめくって、帯に留めた。

「ちょっと、ダメだったら」

和代が腰をひねって、逃れようとした。

その腰をがっちりと両手でつかむ。

「ノーパンじゃないか。いくら着物だって、普通はパンツを穿くだろう？」

「誤解しないでよ。あなたのためにノーパンで来たんじゃないの。わたしは着物のときはいつもパンティはつけないの」

「そういうことにしておくよ……ほら、もっとケツを突き出して」

上から帯のあたりをぐいと押さえつけると、

「ぁああ、いやっ……」

そう言いながらも、和代は尻を後方に突き出した。豊かな臀部が、ゆで卵のようにつやつやとした光沢を放っている。

「十年前より、尻がデカくなった。部長夫人で安定した生活を送っているからだろう？　だから、太るんだよ」

「……太っていないわ」

和代が怒って、後ろを振り返った。

「胸だって、大きくなっていたぞ。尻だって、ほら、こんなにたぷたぷだ」

尻たぶをぎゅうと鷲づかみにする。

「つうぅ、痛い！　もう三十九なのよ。女性は太らなくても、胸やお尻が大きくなるの」

あくまでも贅肉がついたことを認めない和代を、どこかいじらしく感じてしまう。

「つるつるだな。だけど、肉はたっぷりだ」

正直なところ、和代の肉体は十年前よりずっと肉感的になって、魅力を感じていた。だが、これは復讐なのだから、相手を褒めるなどもってのほかだ。

尻たぶを揉みながら、後ろにしゃがんだ。

双臀をぐいと手でひろげて、その底に息づいている淫らな雌花に目をやった。

驚いた。そして昂奮した。

なぜなら、フリルのようによじれて合わさった陰唇の隙間から、あふれるほどの淫らな蜜がこぼれていたからだ。

「ぬるぬるじゃないか? どうして、こんなに濡らしている?」

「知らないわ。オシッコよ、きっと」

「いや、これは明らかにラブジュースだ。舐めればわかる」

逃れられないように尻を固定しておいて、舌を走らせた。

狭間を舐めると、ぬらぬらと舌がすべる。

「ぁああ、ちょっと……いやだって……シャワーも浴びてないのよ。ダメっ……ダメ、ダメ、ダメ……あうぅぅぅ」

揺れ動いていた腰を止めて、和代は最後には女の声をあげた。

「やっぱり、愛液だ。マン汁だな」

「ぁあぁ、違うって言ってるのに」

「ひょっとして、佐伯としてないだろ？　セックスレスじゃないのか？」

「……違うわ。してるわよ。彼は毎晩のように抱いてくれているわ」

「ウソだ」

「ウソじゃない！」

和代のその妙に突っ張った言い方で、見栄を張っているのだとわかった。

他人は騙されるかもしれないが、和代の負けず嫌いの性格を知っている芳郎には、その真実が透けて見える。

亀裂の底で頭を擡《もた》げている陰核を指先でくるくると転がしながら、上方の亀裂の溝に舌を走らせた。

こうすると、和代は感じた。

今はどうなのだろう？　すぐに答えは出た。

「んっ……んっ……ぁあぁ、ぁあぁ、それ……ずるいわ。ずるい……ぁああああ、くっ、くっ、くっ……」

和代はびくん、びくんと腰を鋭く震わせて、抑えきれない喘ぎをこぼす。

やはり、十年経っても、女性の性感のツボは変わらないのだろう。

芳郎は陰核の両側に指を添えて波打たせ、同時に舌先を丸めて膣に出し入れする。

しばらく女と接していなかったから、もし和代がこの契約の最初のひとりだったら、こうはできなかっただろう。芳郎は二人の女性を相手にして、往時のテクニックを取り戻していた。

「くっ、くっ……やめて……お願い、それダメなの……あっ、あっ、ぁああんん……」

和代は堰が切れたように、腰を前後左右に振った。

「腰が動いてるぞ。どうした？　どうしてほしいのかな？」

「ぁああ、意地悪。只野さん、前よりすごく意地悪になった」

「当然だろう。きみを寝取った佐伯は部長で、俺はリストラされるんだから……そうら、どうしてほしいんだ？」

「……言えないわ」

「じゃあ、このままだぞ」

「……ぁああ、意地悪。欲しいの、なかに欲しいの」

「もっと、俺をその気にさせろよ」

「ぁあぁ、ねえ、ねえ……ください」

和代が腰をもどかしそうにくねらせた。

「どこに欲しいんだ？」

「ぁあ、そこよ……」

「きちんと言ってごらん」

「……女性器」

「そうじゃなくて……最初にオがつく言葉だ」

「……オ、オマ×コ……ぁあぁ、死んじゃいたい」

羞恥に身をよじる和代を見ながら、芳郎は右手の指を舐めて濡らし、中指と薬指を立てて、膣口に押し込んだ。

すぐに入るかと思ったが、入口はこわばっていた。やはり、セックスレスに違いない。拒もうとする膣口を強引に突破して奥まで指を届かせると、

「くっ……！」

和代が頭を撥ねあげた。

抜き差しをして、指で膣壁をノックするうちに、こわばっていた内部がとろとろに蕩け、柔らかみを増して、馴染んできた。

「和代、かなり長い間、セックスしていなかっただろ？　もう、方便はいいから、ほんとうのことを言ってくれ」

「……そうよ。してないわ」

「やっぱり」

和代が昔の男のリクエストに応えて、やってきたほんとうの理由がはっきりとわかった。

「もう、どのくらい、していないんだ？」

「……二年くらい。佐伯には今、女がいるのよ。不倫しているの」

「相手は？」

「名前は言えないけど、うちのＯＬよ」

「そうか……」

まさか、佐伯が社内不倫しているとは――。

「ひどいやつだ。俺だったら、和代を差し置いて、他の女と不倫なんか絶対にしない」

「そう言ってもらえると、うれしい……」

「もったいないよ。じつに、もったいない。こんないい女を……」

膣に差し込んだ指をぐるっと半回転させて、指腹が腹部を向く形にして、Gスポットのあたりを引っ掻いた。

まったりとした濡れ襞がまとわりついてきて、

「ぁあああ、ぁあああ……いいの。只野さん、それ、いいの……ぁああ、気持ちいい」

和代が心の底から感じている声をあげる。

柔らかな壁を押すと、ぐっと凹みながら押し返してくる。それを指でまた押し返し、トランポリンのように弾ませながら、連続して揉み込むと、

「ぁああ、ぁああああああ……いいの、いい……ダメっ、イッちゃう。いや、いや……もう、イッちゃう」

和代がびくっ、びくんと痙攣をはじめた。

「いいんだぞ。イッて……きみは何度でもイケるはずだ。そうら、ここか？　ここかい？」

「ぁあ、そこ、そこよ……そのまま、そのまま……」

芳郎が同じリズムでGスポットを擦ると、

「ぁあああ……くっ！」

和代は一瞬硬直して、糸が切れたように床にしゃがみ込んだ。

3

和代を窓際のひとり掛けのソファに座らせ、足を左右の肘掛けに載せる。と、着物と長襦袢の裾が割れて、むっちりとして透きとおるような太腿があらわになり、その中心の濡れた亀裂までもが目に飛び込んできた。派手に濡れている。


前にしゃがんで、左右の内腿を手でひろげ、じっくりと花肉を鑑賞すると、

「ああ、そんなにじっと見ないで……いやっ、恥ずかしいわ」

和代がいやっとばかりに顔をそむける。

指で気を遣らされた恥肉は口をひろげて、内部の粘膜が赤くぬめ光って、しとどな蜜をこぼしている。

そして、雌花は芳郎の視線に愛撫されているように妖しくうごめき、いっそう濡れが増してくるのだった。

「ぁあ、ねえ、いじめないで。焦らさないで」

「ふふっ、きみが欲しがっているとわかったんだ。そう簡単にはあげないよ。これは、復讐なんだからね」

芳郎は顔を寄せた。そこには発情した雌の匂いが籠もっていて、赤い狭間に沿ってツーッ、ツーッと舐めあげると、

「ぁああ、ぁああ……くううぅぅうう……」

部長夫人が気持ち良さそうに顎をせりあげる。

閉じようとする太腿を押しひろげながら、上方の陰核にちろちろと舌を走らせる。

と、白足袋に包まれた足指が切なげに折り曲げられ、下腹部がぐぐっ、ぐぐっとせりあがってきた。

(ああ、十年前もこうだった)

和代はもう欲しくてたまらないのだ。

陰核の皮を剝き、ぬっと現れた珊瑚色の肉芽を舐めると、「あっ、あっ」と腰が撥ねた。

「教えてくれ。佐伯のセックスはどうなんだ？　きみを満足させてくれたか？」

「……知らないわ」

「どうなんだ、教えろ」

「ああ、ねえ、もうダメ。ほんとうにもう我慢ができないの」

「答えたくないんだ。じゃあ、代わりにオナニーしなさい」

「えっ？」

「部長夫人の恥ずかしい自慰行為を見たい。やらないと、おチンチンはあげられないよ」

クンニを終えると、よほどさしせまっているのだろう、和代が右手を股間におろして、狭間を擦りはじめた。

長くすらりとした中指をしなやかに折り曲げたり、伸ばしたりしながら、狭間をスッ、スッと掃くように撫でて、

「くっ……くっ……」

と、洩れそうになる声を左手の甲を口に押し当てて、こらえる。

右手の親指を内側に折り曲げて、陰核をこちょこちょとくすぐるように刺激しながら、残りの指で全体をさする。

「あっ……あっ……ぁああ、見ないで。いやいや……」

一瞬目を見開いて、芳郎を見た。

芳郎は和代の前に立って、いきりたつものを右手でしごいていた。

見せつけるように大きく動かすと、和代は見てはいけないものを見たという顔をして、目をそむける。だが、しばらくすると、見ないではいられないといった様子でふたたび視線を向け、眩しいものでも見るように目を細めながら、右手で淫裂を愛撫する。

「ぁああ、ねえ……」

潤んだ瞳を向けて、訴えてくる。

「どうした?」

「それが欲しい。芳郎さんの逞しいおチンチンを入れてください」

「どこに?」

「……ここ」

「ひろげて、なかまで見せなさい」

和代はしばらくためらっていたが、やがて、欲望に負けたのだろう。右手の人差し指と中指を陰唇に添えて、静かにV字に開き、

「いやっ……」

と、大きく顔をそむけた。

Ｖ字を作ったほっそりした指の間に、艶やかな鮭紅色の花が咲いていた。左右の陰唇がひろがって、その内側も、船底形の肉庭までもがその奥のほうまで完全にさらされていた。

目を凝らすと、小さな陰核もぽちっとした尿道口も、愛液を滲ませた肉庭も、そして、下方の小さな膣口までもが、はっきりとわかる。

これまでの二人と較べると、年齢が高いだけに使い込まれているが、どこか品の良さを感じさせるのは、和代の人柄のせいだろうか。

「和代のオマ×コが丸見えだ。いやらしく濡れているね。着物をつけたままで、かつての男にオマ×コをさらしている。こんな姿を佐伯が見たら、あいつはどうするんだろうな？」

「ぁああ、言わないで。意地悪だわ。芳郎さん、すごく意地悪になった」

「そうだよ。きみが俺をそうさせたんだ。自業自得だ……左手が遊んでる。左手でオマ×コを慰めなさい。やるんだ！」

「……ぁああ、もう、もう……はうぅぅぅ、くうぅ……」

和代は左手の中指で、自らひろげた狭間をさすり、クリトリスをくるくるとまわし揉みして、

「ぁああ、ぁあうぅ……見ないで。見ないで……ぁあうぅ」

椅子の背もたれから顔を大きくのけぞらせ、白足袋をぎゅうとたわませる。

「こっちを見て」

芳郎は肉棹を擦りながら、和代の目の前に持っていく。

「いいぞ。許可を与える。しゃぶりなさい」

高飛車に出ると、和代は部長夫人としてのプライドを傷つけられたのか、一瞬、むっとした顔をしたが、欲望には勝てないと見えて、自分から上体を折り曲げて、それを舐めてきた。

茜色にてかる亀頭部にちろちろと舌を走らせ、それから、もっと前傾して、頬張ってくる。

咥えやすいようにと、膝を肘掛けからおろし、唇を途中まですべらせて、切っ先まで引き、そこでジュルルと唾音を立てて息を吸い、今度は根元まで咥え込んでくる。

奥まで頬張って、頬を凹ませて吸い込み、ゆっくりと唇を引きあげていき、先端を咥えた状態で見あげてくる。

後ろで結われた黒髪、尖った唇、そして、上目遣いのアーモンド形の目——。

こんないい女を寝取られたのだ。

「前より、フェラが上手くなった。佐伯に仕込まれたのかい？」

痛めつけようとして言うと、和代は肉棹を頬張ったまま、きっとにらみつけてくる。

だが、フェラチオはやめようとはせずに、むしろ、懲《こ》らしめてあげるとばかりにいっそう大きく、情熱的に顔を打ち振る。そのたびに、薄くて端整な唇が柔らかくまとわりついてきて、芳郎も快美感が高まる。

和代は頬張りながら、太腿の奥に差し込んだ指を動かして自らを慰め、腰をもどかしそうに揺すっては、

「んっ……んっ……」

悩ましく眉根を寄せ、湧きあがる愉悦をぶつけるように、勃起を唇で激しくしごいてくる。

「こっちでチンチンを動かすから、和代はオナニーに集中しなさい」

そう言って、芳郎は和代の頭をつかんで、腰を振った。

イラマチオの形で、猛りたつものを口腔に打ち込んでいく。ぐっと奥まで突き入れて、抜いていく。そして、また打ち込む。

上品な唇をおぞましい屹立で凌辱されながらも、和代は太腿の奥に伸ばした指をさかんに動かしている。

「こっちを見て」

和代が芳郎を見あげてくる。

色白のととのった品のいい顔が、今は紅潮し、泣きださんばかりに眉が折り曲げられている。

潤みきった瞳が、昇りつめそうになっている女の哀切な色に染まり、芳郎も肉棹を膣に打ち込んでいるような錯覚にとらわれて、にっちもさっちも行かなくなってきた。

「出そうだ。出していいか?」

訊くと、和代は頬張ったまま大きくうなずいた。

「和代、和代……」

頭の両側をつかんで引き寄せ、吼えながら腰を律動させたとき、地響きのような衝撃とともにエクスタシーがやってきた。

「うっ……!」

呻きながら、放っていた。

和代は喉めがけて飛んでくる白濁液を目を瞑って受け止めている。

放出を終えると、和代は気を遣ったのだろうか、椅子の背もたれに背中を押しつけて、動かなくなった。その口角からあふれた白濁液がツーッと顎を伝い落ちる。

4

一糸まとわぬ姿でベッドに仰臥した和代を、芳郎は丹念に愛撫していた。

形のいい、Dカップほどの乳房を揉みしだき、乳首を舌であやす。

「ぁあああ、ぁああああ……いいの。それ、いいの……あうぅぅ」

和代はもたらされる快感を受け止めて、心から気持ち良さそうに顔をのけぞらせ、手の甲を口にあてる。

もともと敏感だった乳房はひとまわり豊かになって、セピア色にぬめる乳首は性感の昂りそのままにそそりたち、そこを舌で弾くと、

「ぁあああっ！」

と、和代は歓喜の声をあげながら、ここに欲しいとばかりに下腹部をせりあげ

てくる。

二人は完全にあの頃に戻っていた。

いや、十年間それぞれのドラマがあった分、ひさしぶりのセックスはよりいっそう激しい交歓となっていた。

乳首から脇腹、さらに下腹部へと愛撫を移し、ふたたびクンニリングスをする。濡れ溝を縦に舐めると、和代はもう我慢できないとでも言うように腰を前後に打ち振って、

「ぁああ、ちょうだい。芳郎さんのをちょうだい。お願い……頼みます。頼みます……ぁああ、入れて！」

なりふりかまわず、せがんでくる。

その頃には、芳郎のイチモツもまた力を取り戻していた。

和代の両足の膝をすくいあげて、いきりたつものを押し込んだ。

熱く滾る粘膜が硬直を包み込んできた。

「ぁああっ……！」

和代は両手をひろげて、シーツを鷲づかみにする。

（ああ、この感触だった……）

芳郎は当時の和代の包み込むような膣のうごめきを思い出していた。どうやら、男は十年もの歳月が流れても、愛しい女の膣の感触を忘れないものらしい。それだけ、和代との体験は自分の体に、強烈に刻み込まれているのだろう。

和代を指名してよかった――。

いや、和代だけではない。石神冴子も、山下逢子も大正解だった。

こんなことなら、会社を辞める前の無聊《ぶりょう》を託《かこ》っていたときに、もっと積極的に女性に働きかけていたら、違う局面が開けたのかもしれない。

いや、今更後悔しても、もう遅い――。

今はただ目の前の女体を歓喜に導きたい。それに集中しよう。

膝を腹につかんばかりに押しあげて、ずいっ、ずいっと腰を躍らせる。すると硬直が部長夫人の体内を擦りあげていき、

「ぁああ、ぁあああ……いい……いいのよぉ」

和代は両手をあげて、顔をのけぞらせながら、喜悦に噎せぶ。

芳郎はここぞとばかりに緩急つけて打ち込み、切っ先で膣の天井を擦りあげる。

Gスポットが感じる和代は、右手を口許に持っていき、打ち込まれるたびに乳房をぶるん、ぶるんと波打たせて、顔を右に左に振りたくる。

「随分と気持ち良さそうじゃないか？」

腰を止めて言うと、

「だって、だって、ほんとうに気持ちいいんだもの」

和代が顔を持ちあげて、芳郎を見た。

霞がかかったようにぼぅとした目が、その言葉がウソではないことを伝えてくる。

今なら、あの言葉を聞けるかもしれない。

「……佐伯よりも気持ちいいか？　どっちが気持ちいい？」

そう言って、芳郎はぴたりと腰を止める。

和代は口を噤んで、答えない。

「どっちが気持ちいい？　正直に答えてくれ」

「……趣味が悪いわ」

「わかっている。どうしても訊いておきたいんだ。大丈夫。俺は傷つかない。ほんとうのことを言ってくれ」

「……わからないわ」

「はぐらかすなよ」

芳郎はゆっくりと、答えをせかすように腰を動かす。

「あっ……あっ……くぅぅ」

「どっちが気持ちいい？　答えろ」

「……ぁああ、今はあなたよ」

「そうか……繰り返しくれ。あなたのほうがセックスが上手いって。あなたのほうが気持ちいいって」

芳郎はせかしながら、腰を突き出す。

「あっ……あっ……あああ、あなたのほうが気持ちいいわ……芳郎さんのほうがずっと上手よ。あなたのほうが彼よりずっと上よ」

この言葉が聞きたかった。

「ありがとう。そうら、和代……もっと気持ち良くしてやる」

芳郎は両膝を強く押さえつけながら、ぐいぐいと屹立を叩き込んでいく。

たしかに悪趣味だ。それに、だいたい、関係した男のどっちが上手かなど、よほど実力差が歴然としている以外は、はっきりした答えなど出ないだろう。だが、真実よりも、和代のその言葉が欲しかった。

芳郎さんのほうがずっと上手よ——。

そのフレーズを頭のなかで繰り返し再生しながら、芳郎は腰を躍らせる。小刻みにGスポットを擦りあげ、時々、ずんっと奥まで届かせて、子宮口をぐりぐりと捏ねる。

また、浅瀬のほうに照準を合わせて、Gスポットを連続して擦りあげる。指を挿入したときはまだ硬さもあった膣が今はよく練れて、勃起にまったりとからみつきながら、収縮する。

「ぁああ、ダメっ……また、またイッちゃう……芳郎さん、またイッちゃう」

「イケよ。何度イッてもいいんだ。そうら……」

つづけざまに深いところに届かせると、のけぞっていた和代が「うっ」と呻いて、痙攣しながら脱力した。

気を遣ったのだ。

寝取られた女をイカせた歓喜に酔いしれながらも、まだ、芳郎の激情はおさまらなかった。

和代の片足を抱え込んで、後ろに倒れ、お互いの股ぐらを挟み付けるような格好で体を伸ばす。

二つの松葉が支点で交わる、松葉くずしの伸長位である。

先ほどまで白足袋に包まれていた足は、踵にわずかに角質化の兆候があるものの、総じて手入れの行き届いた、細長くきれいな足だった。

足指の爪には透明なペディキュアがされて、桜貝のようなピンクでつるつるしていた。その親指を一気に頬張ると、

「あっ、やっ……」

和代の親指が、口のなかで鉤形に曲がった。

なおもしゃぶるうちに、親指の力が抜け、やがて身を預けたように真っ直ぐに伸びた。

「あっ……あっ……」

咥えるにはちょうどいい大きさと長さの親指を丹念にしゃぶっていると、
和代の口から喘ぎが洩れた。

「こういうのは初めて？」

「……ええ」

「佐伯はしてくれないの？」

「してくれないわ」

「ダメだな。こんなにきれいな足を愛《め》でないとは」

芳郎は今度は薬指と中指をまとめて頬張り、ちろちろと舌を走らせる。

そのとき、足指にぬめっとしたものがまとわりついてきた。

和代の舌だった。

お返しのつもりなのか、和代は芳郎の右足をつかんで、足裏を舐めあげ、そのまま、親指を頬張ってきた。まるで、フェラチオするように首を打ち振り、親指をジュルルッと唾音とともに啜りあげる。

(ああ、こんなことまで……)

部長夫人の献身的な愛撫に、芳郎は溜飲がさがった気がした。

(どうだ、佐伯。お前にはこんなことしてもらえないだろう?)

和代は親指をくちゅくちゅ頬張りながら、もどかしそうに腰をくねらせるので、肉棹が蕩けたような膣に揉み込まれて、まるで、天国だ。

「ぁああ、恥ずかしい……こんなの恥ずかしい」

いったん足指を吐き出して、和代はそう口走りながら、腰をさかんにくねらせる。もっと深いところにちょうだいとばかりに、芳郎の足を引き寄せて、くなり、くなりと濡れ溝を擦りつけてくる。

ならばと、芳郎も和代の足をつかみ寄せて、ぐいぐいと腰を躍らせる。すると

肉棹が普通ではありえない角度で膣肉をうがち、掻きまわして、

「ぁあぁ、初めて……こんなの初めて……ぁあぁ、乳首も気持ちいい」

分身がぐりぐりと肉路を捏ねて、和代もそれに合わせて腰をくねらせる。

二人の息がぴったりと合うと、得も言われぬ快感がじわっとひろがった。

「ぁあぁ、ぁあぁぁ、イキそう……また、イッちゃう」

和代が何かに憑かれたように大きく腰を動かしたので、肉棹がちゅるっと抜けた。

松葉くずしの体位で抜けた肉棹を、和代はまた入れ直そうとする。

芳郎は体を起こし、和代を四つん這いにさせて、尻たぶの底に切っ先を押しつけた。

「和代、自分で入れなさい」

言うと、和代は後ろ手に屹立を導き、自分から腰をぐいと後ろに突き出してくる。肉棹がぬるりと嵌まり込んで、

「ぁあぁぁぁ……」

和代が心底気持ち良さそうな声をあげる。

「いいんだね？」

「ええ……気持ちいいの。おかしくなりそう」

和代は早く動いてとばかりに腰を前後に振る。

「ねえ、ねえ……」

「どうしたいのかな？」

「ああ、意地悪……」

芳郎は腰を引き寄せて、渾身の力を込めて打ち込んだ。屹立が子宮口まで届いて、

「ああ、それ。くうぅ」

和代は鳩のように呻いて、背中を弓なりに反らせる。

シミひとつない背中はなめらかな光沢を放って、しっとりと汗ばんでいた。

手を前に伸ばして、すべすべの背中を撫で、手を刷毛のように使って、脇腹もなぞる。

「あっ……あっ……」

ビクン、ビクンと成熟した肉体が震える。

痙攣のさざ波がきめ細かいもち肌を走り、抽送をせがむように腰が揺れる。

こんないい女が、佐伯の妻なのだ。結婚して間もない頃、佐伯はこの身体を好

き勝手に抱いていたに違いない。

尻をつかみ寄せて、猛烈に腰を叩きつけた。

パチン、パチンと乾いた音が爆ぜて、

「あん、あん、あんっ」

和代は四つん這いの姿勢で顔を上げ下げする。

尻たぶをつかんでぐいっと開くと、薄茶色のアヌスもひろがって、そのあられもない姿が芳郎をかきたてた。

「ああ、見ないで。お尻を見ないでぇ」

芳郎は唾液をたらっと垂らして、アヌスに塗りつける。ひくひくする窄まりを指腹で丸くなぞりながら、その下に肉棹を打ち込んでいく。

アヌスを指で愛撫しながら、後ろから打ち込むと、

「気持ちいいの。お尻も気持ちいいの……あんっ、あんっ、あんっ」

和代は感極まったように喘いだ。

「佐伯はこんなことしてくれないだろ?」

「はい……芳郎さんがいちばんよ」

和代のこの言葉を聞きたかった。もう思い残すことはない。

芳郎は腰をつかみ寄せて、全力で叩きつける。

いきりたつ分身が、熱い坩堝を強烈にうがって、

「あんっ、あっ、あんんっ……」

和代は両手でシーツを鷲づかみにして、甲高い声で喘ぐ。

いつの間にか、上体を低くして、腰だけを高々と持ちあげている。

その、背中の急峻なスロープがたまらなく艶めかしい。

もう持ちそうにもなかった。大きく張り出した尻たぶをつかみ寄せて、残っている力を一気に爆発させた。

尻肉に腹がぶちあたる滑稽な音が爆ぜて、

「あんっ、あんっ、あんっ……あああ、イク。また、イッちゃう」

和代がさしせまった声を絞り出す。

「あああ、和代、俺もイクぞ」

「あああ、ちょうだい」

芳郎が連続して腰をつかうと、和代は汗でぬめ光る裸身を前後に揺らし、シーツを持ちあがるほどつかんだ。

「あっ、ぁあああ……もう、ダメ」

「イクんだな？」

「はい、はい……」

「よし、イケ。そうら」

芳郎も見えてきた頂上めがけて駆けあがる。甘い疼きをもっとふくらまそうと息を詰めて後ろから叩き込むと、

「ぁああ、イクぅ……あっ、あっ……やあああぁぁぁぁぁぁ……はううぅぅ」

和代は背中をいっぱいに反らせて、がくんがくんと躍りあがった。

止めとばかりにもう一太刀浴びせたとき、芳郎にも至福が訪れた。

脳天が痺れるような射精感に貫かれて、放ちながら尻を震わせる。

打ち尽くしたときは、張りつめたものが切れて、芳郎はがっくりと和代に覆いかぶさっていった。


情事を終えて、腕枕していると、十年前の束の間の蜜月時代がよみがえってきて、腕のなかの女が部長夫人であることを忘れそうになる。

部長夫人か……待てよ、夫の佐伯は石神冴子の上司であるし、山下逢子のこと

も知っているはずだ。

相談してみる価値はあるだろう。

「きみは、石神冴子を知ってるよね？」

切り出すと、

「もちろん、知ってるわよ」

和代が身を乗り出してきた。表情が変わっていた。へんだなと思いながら、

「じつは、彼女のいじめというか、パワハラの件で苦情が出ていてね。俺の部下からもいろいろと苦情を聞いているんだ」

「……そうらしいわね」

和代も秘書課を手伝っているから、内部事情はよくわかっているはずで、話が早い。

「山下逢子は知ってる？」

「ええ、あのかわいい子でしょ。あなたがかわいがっていた」

「そうだ。俺の育てた子だ。その彼女が石神冴子にいじめられているらしい。彼女から相談受けたんだけど、どうにかならないかね？」

「……その話、聞かせてちょうだい。あなたの口から、石神冴子の名前が出て、

びっくりしているのよ」

「えっ、どうして？」

「彼女なのよ」

「何が？」

「主人の不倫の相手。主人、石神冴子とできているの」

開いた口がふさがらなかった。まさに、晴天の霹靂。

佐伯が冴子と不倫しているとは――。

「……知らなかった」

「あの女、絶対に許さない」

和代の目が怒りで燃えている。こんな和代を見るのは、初めてだ。

「俺も、部下も、彼女には怒っている」

「きっと、神様がこのチャンスを与えてくださったのね。いい機会だわ。話し合いましょうよ、彼女を懲らしめる方法を。あの女、絶対に許さない」

和代の目がぎらりと光った。

第四章　枕営業の女子社員

1

和代と、打倒石神冴子の密談をして一週間後、芳郎は都心の高層ホテルで、四人目の女・南田《みなみだ》麻輝《まき》が現れるのを待っていた。

麻輝は二十八歳のトップセールスウーマンで営業成績は抜群にいいが、とにかく男をたぶらかすのを生き甲斐にしているような女で、麻輝のいる部署は彼女に引っかきまわされて、風紀も人間関係も乱れて、ダメになる。

顧客の勧誘も、どうやら『枕営業』をしているのではないかと、もっぱらの噂である。

石神冴子とともに、我が社の『性悪女トップ2』を張る強者だ。

芳郎はかつてこの麻輝に随分と煮え湯を飲まされたことがあり、このシステムを利用して、彼女をとっちめてやりたかったのである。

もちろん、その日本人離れした肢体を一度でいいから味わってみたいという男としての気持ちがあったことは否定できないが……。

人一倍プライドの高い麻輝がこの理不尽な、会社ぐるみのデリヘル派遣に応じたのは、おそらく、彼女が今、課長に昇進できるかどうか微妙な立場にいるからだろう。

今ここで断れば、会社への心証を悪くする。普通に考えたら拒否するだろう肉体提供を受け入れて、会社のために自分が犠牲になったことを強調して、課長昇格を決定的にしたいのだ。

しばらくすると、時間どおりにドアをノックする音が響いた。

(来たか……！)

覗き穴から彼女であることを確かめ、気持ちを引き締めてドアを開ける。

ふわっとしたソバージュヘアにサングラスをかけた長身の麻輝が立っていた。

シャープなラインのスーツに、ブラウスの翼のような襟を出している。

麻輝は芳郎をふんっと鼻であしらい、サングラスを外しながらずかずかと入ってくる。

すらりとしたモデルのような体型で、後ろにスリットの入ったタイトミニは大きな尻でぱんぱんに張りつめ、長い足がハイヒールで持ちあげられている。

冴子と似たスタイルではあるが、こっちのほうが長身でスレンダーで、顔もシャープできりっとしている。それに、五歳若い。

「……ったく、会社もあんたもバカじゃないの。ありえないわよ、こんなの」

麻輝が振り返って、文句を垂れる。

「だったら、来なければよかったじゃないか……強制じゃないんだから」

「……知ってるでしょ？　わたしの課長昇格がかかってるってこと」

「……ああ」

「やっぱり……いつもながらいやな男ね。虎の威を借る何とかってやつじゃないの。会社を辞めても、あんたの狡猾さは変わっていないわね」

「……俺は狡猾じゃない。それに、虎の威を借ったことなど一度もない」

「ふん、自分でそう思ってればいいわ。今、あんたとやり合う気はないの」

麻輝は、いやなことを早く済ましてしまいたいという気持ち丸出しで、ジャケットに手をかけた。

「待ってくれ」

「はっ？」

「その前に、これから、ホテルのレストランで二人で食事をしたい」

芳郎はあらかじめ考えておいた段取りを進める。

「食事を？」

「ああ……レストランのディナーを予約してある。一応フレンチのコースだ」

「ふうん、やるじゃないの」

麻輝の態度が和らいだ。やはり、女性はそれがどんな状況であっても、ホテルの高級レストランでのディナーに弱いのだ。

「ただし……その前にこれを……」

芳郎は用意しておいた砲弾形の小型バイブを取り出して、麻輝に見せた。

長さ五センチくらいで、太さ三センチほどの砲弾形をした黒いバイブレーターで、遠隔操作ができるように、本体とは別に無線式のコントローラーがついている。

「何、これ？」

麻輝が一転して、眉をひそめた。

「バイブだよ。これをきみのアソコにおさめて、それを俺がリモコンで操作する」

「ちょっと、あんた何言ってるの？　自分のしようとしていることがわかってるの？　あんたが、このわたしに？　バッカじゃないの」

「契約書を読んだだろ？　きみは暴力以外において、俺の指示に決して逆らってはいけないと明記してあっただろう？」

「……そうだけど。これは、立派な暴力よ。セクハラ、いや、パワハラでしょ」

「セックスのプレイに、セクハラもパワハラもない。いや、プレイとしてそれをするからいいんじゃないか？　きみはそんな基本的なこともわかっていないのかね？　見損なったよ。案外と融通がきかないんだな。そもそもセックスを愉しんだことがないんじゃないのかね？」

上から目線で、言ってやった。

「南田麻輝は、バイブを使うことを拒絶して、契約を破ったって、上に報告してもいいんだよ」

追い討ちをかけると、麻輝は一瞬キッとにらみつけてきたが、すぐに理性を取り戻したのだろう。

「情けない男ね……いいわよ。やってあげようじゃないの。それを、アソコに入れればいいんでしょ？」

居直ったように言う。

「ああ。ただし、挿入はこの俺がやる……で、パンティも穿きかえてほしいんだ。こいつに……」

芳郎が手にしたのは、赤いシースルーのもので、クロッチに穴が開いているオープンクロッチショーツだった。

麻輝はそれをまるで汚いものでも触るようにつまんで、

「これ、一度、彼に求められてつけたことがあるわ。メンズって、こんなセンスのない下着がいいの？」

「ああ、いやらしいからね。多分、きみの彼氏もね……まずは、それに穿きかえてくれ」

言うと、麻輝は仕方がないといった様子で、スリット付きのタイトミニのなかに手を入れて、パンティストッキングをおろし、群青色のパンティも脱いで、赤いオープンクロッチショーツを穿いた。

ついでにブラジャーも外してもらう。

「ほんと、もてないオジサンはいやね。こんなこと、したことないから、今だとばかりにやらせたいってことよね？」

「ああ、そうだ」

「居直ったわ、こわっ……まったく、こんなこと受けなきゃ、よかったわ」

ぶつぶつ言いながらも、麻輝はジャケットとブラウスを脱ぎ、ブラジャーを外した。

ブラウスをまた着ようとするので、ブラウスはつけないで、ジャケットだけを着るように言う。

「はぁ……？」

「いいから。言うとおりにしないと、報告するからな」

「わかったわよ」

麻輝はジャケットだけ着て、乳房が露出しないように、ジャケットの前ボタンを締めた。それでも、胸元からはゴム毬のような二つのふくらみが半ばはみ出している。

「ちょっと、これ、明らかにわかっちゃうじゃないの」

「それがいいんだよ。でも、それだけじゃないからね。ベッドに座って」

麻輝をベッドの端に座らせて、足を持ちあげる。

「あっ……」と、後ろに倒れた麻輝の太腿の奥にしゃぶりついた。

仄かに香る女の局部の、生牡蠣とミルクを足したような性臭を吸い込みながら、裂唇を舐めしゃぶる。

「あっ、ちょっと、やめて……」

「濡らさないと、バイブを入れるときに痛いだろ？　気をつかっているんだからね」

膝の裏をつかんで足をひろげながら、陰部を舐めた。

濃い翳りに覆われた女の肉唇はふっくらとしているが、形の乱れはなく、色素沈着も少なく、いかにも具合の良さそうな肉厚感を示していた。

麻輝はただ我慢している様子だったが、サーモンピンクの狭間の大き目の陰核に舌を走らせるうちに、物理的に感じてきたのだろう。

「んっ……んっ……あっ……あっ……」

と、喘ぎ、女の声をあげた自分を恥じるように、手を口にあてた。

芳郎は、大砲の玉のような形をした黒いバイブをとば口に押し込んでいく。

「くっ……！」

と、麻輝が呻いて、太腿をこわばらせた。

ぬるりと嵌まり込んだ砲弾は膣口に姿を消し、取り出すためと電波受信用の数センチの黒いコードだけが外に出ている。

その状態で、芳郎はコントローラーのスイッチを入れる。少しずつ強くしていくと、
ヴィーン、ヴィーン、ビビッ……。

麻輝の体内からくぐもった振動音が響いて、外にまで洩れてきた。

「ぁああ、ちょっと、やめて……ぁああうぅぅ」

「感じるようだね？」

「感じないわよ、こんなもの。全然、平気よ」

麻輝が明らかに見栄を張って、上体を起こした。

「じゃあ、このまま行こうか。あそこを締めていれば、落ちないさ……予約の時間を過ぎてる。行こう」

芳郎はよちよち歩きの麻輝とともに部屋を出て、レストランに向かった。

2

高層ホテルの二十八階にあるフランス料理店の窓際の席――。

「ちょっと、もうやめて……」

白いテーブルクロスのかかった丸テーブルの向こうで、麻輝が今にも泣きだしそうな表情で人目を憚って、か弱く訴えてくる。

無理もない。麻輝の膣におさまったバイブが振動をしているのだから。

テーブルについて、しばらくは遠隔装置のスイッチをオフにしておいた。麻輝が食事をまったく摂《と》れなくては、怪しまれるからだ。

そして、フランス料理のコースがそろそろ終わりというときになって、芳郎はバイブのスイッチを入れた。

と、途端に麻輝の眉根が寄った。それでも、しばらくはこらえてメインディッシュの平目のムニエルを口に運んでいたが、ついに、我慢も限界を越えたのか、泣き言を洩らすようになった。

芳郎からも、麻輝の腰が微妙に揺れているのがわかる。

「こんなもの全然平気じゃなかったのか?」

芳郎はポケットに隠し持っているリモコンのスイッチをスライドさせて、振動を強にする。

「くっ……!」

低く呻いて、麻輝がうつむいた。

「んっ……んっ……」

と、洩れそうになる喘ぎを唇を嚙んで必死に押し殺している。

芳郎がスイッチを弱にすると、ほっと一息ついたように表情をゆるめる。それでも息づかいは乱れ、胸が激しく波打っている。

何しろ、上半身につけているのはジャケットだけ。したがって、たわわな乳房がV字に切れ込んだ襟元から半ばのぞいている。

斬新すぎるエロティックなファッションのきりっとした美人が、タイトミニに包まれた腰をもじつかせ、妖しい吐息をつくのだから、周囲の客だって異様に感じるのは当然だ。

レストランの客のなかにも目敏く発見した客がいて、数人の男性客が時々、ちらっちらっと麻輝のほうを盗み見ている。

芳郎はスイッチをすべらせて振動に強弱をつけながら、麻輝の悶える様子をじっくりと観察する。

麻輝はぎゅっと唇を噛みしめながら、足を組んだり、ほどいたりしている。

フォークを離して、ついには、右手でスカートの股間を上からぎゅっと押さえ込み、腰を引いたり突き出したりする。

ついつい自分でも快感を高めようとしてしまうのだろう。それだけ、切羽詰まっているということだ。

「足を開いて」

小声で言うと、麻輝はいやいやをするように首を振った。

「開きなさい」

語気を荒らげると、麻輝は周囲を見まわしてから、テーブルの下で静かに膝をひろげる。

と、ヴィーン、ヴィーンと低い振動音が、芳郎の耳にも届く。

それがわかったのだろう、麻輝は音を消そうとして、とっさに股間を手で覆った。

「ついでだ。オナニーしなさい」

小声で命じると、麻輝が眉をひそめた。

「やりなさい。課長昇進がかかっているんだろ？　会社に報告してもいいんだよ」

麻輝は一瞬、恨みのこもった目で芳郎をにらみつけてきたが、やがて、周りを見渡してからうつむいた。

右手で恥肉を擦っているのが、二の腕の微妙な揺れでわかる。

「うふっ……うふっ……」

と、洩れそうになる声を必死にこらえていたが、やがて、

「……あっ……」

抑えきれない喘ぎをこぼして、顎を突きあげた。

「そのままだよ……」

芳郎は膝にかけていたナプキンをわざと落として、白い布を拾いながら、テーブルのなかを覗く。

見えた――。

麻輝はすらりと長い足を鈍角にひろげていた。スリットのあるスカートがたくしあがり、赤いレースの穴空きパンティのクロッチ部分に、赤いマニキュアが光

る指が躍っていた。

ハイヒールで持ちあがった驕慢な足があさましいほどに開き、オープンクロッチショーツの開口部には漆黒の翳りが繁茂し、その狭間を指がスーッ、スーッと擦り、時々、上方の陰核らしきところをくりくりとまわし揉みしている。

そして、裂唇は明らかに濡れ光っており、すっかりおさまったバイブのコードだけが尻尾のように突き出ていた。

芳郎はこのまま這っていって、クンニをしたくなったが、さすがに、この高級レストランではためらわれた。

白布を拾って、また席につく。

と、麻輝が今にも泣きだしそうな顔で訴えてきた。

「……出ましょうよ」

「いやだね」

「お願い……」

「どうして?」

「……お願い。もう、ダメなの」

その彫りの深い美貌が朱に染まっているのを見て、麻輝はもうイキたくてどうしようもないのだと思った。

「わかった。ついてきなさい」

まだ、デザートが残っているが、凝ったアイスクリームよりもセックスのほうが優先順位が高い。

芳郎は席を立ち、レシートにサインをして、レストランを出る。

その後から、麻輝が内股でよろけながらついてくる。

少し行ったところに、トイレがあった。

男子用トイレに人影がないことを確かめ、麻輝の手を引いて引き込んだ。

「いやっ……」

と腰を引く麻輝を、個室を開けて押し込め、内側から鍵をかける。

清潔で広いトイレだが、仄かに小便が匂う。

麻輝をドアに押しつけて、ジャケットの前ボタンをひとつ、またひとつと外していく。前がひろがって、ぶるんっと転がり出てきた乳房を揉みしだきながら、洋式便座に腰かけた。

そして、ちょうどいい高さにある乳房の頂《いただき》にしゃぶりつくと、

「あうん……！」

麻輝は声をあげてしまい、その瞬間、ここがどこであるのかを思い出したのか、あわてて口を手の甲でふさぐ。

直線的な上の斜面が下側の充実したふくらみを持ちあげた乳房はEカップほどの豊かさで、青い静脈が透け出るほどに張りつめ、セピア色とピンクを混ぜたような乳首がぬめ光りながら尖っていた。

芳郎は豊かな乳肉に指を食い込ませながら、乳首を舐める。チューと吸うと、

「あうぅぅぅ……」

麻輝は手の甲を口に押しつけながら、顔をのけぞらせる。

やはり、もう触れなば落ちん状態まで、身体が高まってしまっているのだ。

芳郎は唾液でぬめる突起を舌で上下左右に撥ねた。すると、麻輝は、

「あっ……あっ……」

小さな声を洩らして、がくん、がくんと膝を落としかける。

見あげると、ソバージュヘアの長い髪がその美貌にかかり、気持ち良さそうに顎をせりあげたその悩殺的な表情がはっきりと見える。

芳郎は右左と乳首を交互に舐め転がし、もう一方の乳房を揉みしだいた。

「ぁあ……ねえ、ねえ……」

麻輝が腰を前後に打ち振った。

「どうした？」

「触って……あそこに触って」

「どこに？　ちゃんと言わないと、わからないよ」

「オ……」

「オ……？」

「オマ×コ」

周囲をはばかるように小声で言って、麻輝は唇をぎゅっと嚙みしめる。

やったぞ……とうとう、麻輝が懇願してきた。あの、男を道具としてしか見ていない勘違い女が自分からセックスをせがんできたのだ。

だが、このままオマ×コをかわいがったのでは、彼女を悦ばせるだけで、懲らしめることにはならない。

「その前に……」

入れ違いに麻輝を便座に座らせ、自分はさっき麻輝が立っていた位置に仁王立ちして、小声で命じた。

「しゃぶれ」

「はぁっ……！」

麻輝が胡散《うさん》臭そうににらんできた。

「しゃぶるんだ」

芳郎はポケットからコントローラーを取り出して、スイッチを最強にスライドさせた。

「ぁあっ、くうぅぅ……」

「咥えなさい」

そう言って、芳郎はズボンとブリーフを膝まで引きおろした。現れたイチモツはいきりたっていて、それを見た麻輝がもう我慢できないとばかりに、しゃぶりついてきた。

便座に腰かけて前傾した麻輝は、もう欲しくてたまらないといった様子で肉棹を頬張り、

「んっ、んっ、んっ……」

くぐもった声をあげながら、顔を激しく打ち振る。

その一刻も早く入れてほしいという願いのこもったストロークが、芳郎を有頂天にさせる。

「くぅ、たまらん……」

湧きあがる愉悦の波に身を任せながらも、芳郎はコントローラーのスイッチを操作して、振動の強弱をつける。すると、それに翻弄されるように、麻輝はくぐもった声を洩らし、もう欲しくて仕方ないといった様子で、腰をくねらせる。

「よし、キンタマを舐めろ」

命じると、麻輝の顔の動きが止まった。咥えたまま、馬鹿にしないでよという顔で見あげてくる。

「しないと、ファックしてあげないよ」

目を合わせて言い、スイッチをすべらせる。

ヴィーン、ヴィーンという振動音が聞こえて、麻輝は目を伏せた。

そして、ぐっと前傾を深くして、顔を横向けながら、芳郎の股間に顔を寄せてきた。

長く細い舌をいっぱいに出して、皺袋を舐めあげてくる。

もじゃもじゃの陰毛が生えた、クルミのような陰嚢に舌を走らせながら、いきりたちを握ってしごいてくる。

(さすがだ……この女は男を悦ばせる術も身につけている)

キャリアウーマンのなかには、ベッドでは「マグロ」を決め込んで、男に奉仕させる女がいると聞く。だが、麻輝は違うようだ。

と、そのとき、足音がして止まり、しばらくして、シャーッと放尿する音が聞こえてきた。

麻輝も人の気配を感じたのだろう。唇をすべらせることをやめて、ただただ静止して、鼻で息をしている。

芳郎もやり過ごそうとしたが、あまりにも放尿時間が長いので、焦れてきた。思いついて、麻輝の頭をつかんで、腰をかるく振った。

Ｏ字にひろがった唇の間をイチモツが行き来して、唾液がすくいだされ、麻輝は、やめて、見つかるでしょ、とでも言うように見あげてくる。

芳郎にはその怯えたような、困ったような顔がたまらないのだ。

男が放尿を終えて、手を洗い、乾燥機を使って出ていくその間中、イラマチオをつづけた。

物音が途絶えても、芳郎は強制フェラチオをつづける。

なぜなら、麻輝がいやがらなかったからだ。むしろ、それを嬉々として受け入れているように見える。

「うぐっ」とえずきながらも、決して顔を離そうとはせずに、むしゃぶりついている。

(うん？　こんなところもあったんだな)

麻輝のマゾ的な側面を発見して、芳郎は驚きながらもうれしくなった。

そして、麻輝はいつの間にか右手をスカートのなかに差し込んで、花芯をいじっているのだった。

口腔を男根で蹂躙されながらも、自ら秘苑を慰めるトップセールスウーマンを、芳郎は猛烈に貫きたくなった。

ふたたび麻輝を立たせて、壁に両手を突かせ、腰を後ろに突き出させる。

と、とんでもない光景が目に飛び込んできた。

タイトミニがまくれあがり、赤いシースルーのパンティの開口部には、漆黒の翳りとともに女の恥肉が息づいていた。すでに陰唇がめくれあがって、内部の赤みがさらけだされていた。

しかも、振動音とともに、割れ目はひくっ、ひくりとうごめき、ぐちゃぐちゃになった肉庭からとろりと透明な滴が会陰部に向かってしたたっている。

芳郎は黒いコードを引っ張った。すると、強い緊縮力とともに砲弾形バイブの底がゆっくりと見えてきた。

だが、あまりにも締めつけが強いためか、途中でまた引っ込んでしまう。

もう一度引っ張ると、また底が姿を現す。

それを数回繰り返すうちに、バイブを抜き差しされているような状態になったのか、麻輝は腰を前後に打ち振って、

「ぁああ、もうダメっ……ねえ、ねえ……」

と、しどけなくせがんでくる。

「しょうがない女だ。これから男を見下すんじゃないぞ。いいな？」

見あげて、言い聞かせた。

「……わかったわよ。わかったから、してよ、早く！」

「そんな言い方じゃダメだ」

「……ああ、してください。オマ×コが寂しいの。寂しくて、おかしくなるの。入れてよ。入れてぇ」

「待ってろ」

芳郎はコードを強く引き、姿を現したバイブをつかんで、ぐいと引っ張り出した。黒いバイブが抜けると、麻輝は座り込みそうになる。

それを押し止めて、麻輝にこちらを向かせると、片足を持ちあげて、いきりたちを静かに押し込んでいく。

切っ先が斜め上方に向かって進入していき、

「あうぅぅ……！」

麻輝がとっさにしがみついてくる。

芳郎は結合が外れないようにそっくり返りながら、腰を突きあげた。

「んっ、んっ、んっ……」

麻輝は顔をのけぞらせながら、くぐもった声を洩らす。

芳郎のほうが背が低いので、芳郎がしがみついている感じだ。

麻輝の女性自身は入口の締めつけが強い巾着だった。

だから、肉棹を抜き差しするほどに、芳郎も快感が高まる。だが、まだここでは射精したくない。これから、部屋での一戦を控えている。

そのとき、また人が入ってくる物音がした。ハッとして動きを止める。

息を潜めていると、足音が近づいてきて、隣の個室のドアが開けられ、男が入った。

この予想外の出来事には、芳郎も参った。

麻輝もしがみついたまま、息を凝らしている。

ヴィーンと蓋が電動で開く音がして、男がズボンをさげる気配が感じられた。それから、まずは小便をしたのだろう。小水が水溜まりを叩く音がして、しばらく、音が途絶えた。

おそらく、便秘気味ですぐには大便が出ないのだろう。やがて、男の呑気な鼻唄が聞こえてきた。昔のアイドル歌手のラブソングである。

（ええい、こうなったら……）

芳郎は挿入したまま、後ろにさがって、便座に腰かけた。その膝の上に向かい合う形で麻輝がまたがってくる。正面からの座位である。

男はなかなか出ていかない。

と、焦れたのか、麻輝が自分から腰を揺すりはじめた。

声を出さないように、芳郎の肩に顔を埋めながら、さかんに腰を前後に振って、洩れそうになる喘ぎを封じ込めている。

そして、入口のよく締まる巾着が、根元を食いしめながら、前後左右に揺すってくる。

もたらされる快感が、隣の男にばれてはいけないという芳郎の不安感を押し流していく。

はだけたジャケットからこぼれでた乳房にむしゃぶりついて、セピア色の光沢のある乳首を吸った。

「くうぅぅ……!」

麻輝は必死に声を押し殺している。それでも、昇りつめたいという欲求が理性を越えてしまったのか、芳郎の肩につかまりながら、腰づかいはいっそう激しさを増している。

「ダメっ……イッちゃう」

麻輝が耳元で小声で訴えてきた。

「いいぞ。イッて……」

芳郎は乳房から顔をあげて、麻輝の腰に手を添えて動きを助け、もう一方の手では乳房を揉みしだいた。

隣の個室では、依然として、男が鼻唄を口ずさんでいる。

まさか、壁ひとつ隔てた個室で、男と女がまぐわっているなんて、つゆほども思っていないのだろう。

「ぁああ、ぁあああ……いいっ……いいのよぉ……ぁあああ、イクわ……イク、

「イク、イッちゃう……はうっ！」

麻輝が耳元で小さいとは言えない声をあげて、それから、ぐんと上体をのけぞらせた。

気を遣ったのだろう、芳郎の膝の上でがくん、がくんと痙攣している。

膣の収れんを感じながら、芳郎は奥歯を噛んで射精をこらえた。

と、隣で「コホン」と咳払いが聞こえた。

麻輝は気を遣るとき、かなり大きな声を出したから、きっと隣の男も気づいたのだろう。

こういうときはしかとしてやりすごすに限る。

時々痙攣する麻輝を抱きしめながら、息を潜めていると、しばらくして水を流す音がして、ようやく、男が出ていく気配があった。

周囲が静かになるのを待って、芳郎は麻輝を立たせ、トイレから連れ出した。

3

二十階の部屋に戻ったときは、麻輝は一度気を遣ったせいか、肉体的にはふらふらだったが、精神的には少し自分を取り戻しているようだった。

窓際に立たせた麻輝を背後から抱きしめると、

「ちょっと、やめて……もうやったからいいでしょ？　終わりにして」

そう口では言うものの、ジャケットの前を開いて、後ろから双乳を両手でがしっと鷲づかみにして、ひと揉みすると、

「ぁあああんん……」

麻輝はがくんとのけぞった。

「きみは契約書を読んでいないのかね？　翌日の朝八時までは契約期間なんだからな」

「わかってるわよ。でも、さっきもうさんざん好き勝手なことをしたじゃない」

「まだまだ、これからだよ。それに、きみはこれまでも顧客相手に枕営業してるだろ？　このくらい、何でもないはずだが」

「枕のどこがいけないのよ？　わたしのおかげで、どれだけの契約が取れていると思うの？」

「つまりだな……そういうことをすると、公平じゃないっていうか。男性が損をすることになる」

「バカね。男性だって、そのへんの飢えた女に枕やって、契約を取ればいいじゃないの？」

「それはダメだ。ビジネスにセックスを持ち込むと、最初はいいかもしれないが、後で面倒なことになる」

「面倒なことになりそうだったら、また寝てあげればいいのよ。あっと言う間に解決するわ……だいたい、膨大な接待費を使うより、よっぽど会社にとってもいいはずよ。そんな杓子定規な考え方しかできないから、あなたは使い物にならなかったんだわ」

何て女だ……！

芳郎は一瞬、返す言葉を失った。

確かに、そういう考え方もあるだろう。だが、ビジネスに下半身を交えると、ろくなことはないのだ。

「きみのような女性社員がいると、部署も顧客との関係も乱れてしまうんだ。少しは反省しなさい！」

いまだしこっている左右の乳首をつまんで、ぐいと押しつぶしてやった。

「はうっ……！」

トイレでの余韻を引きずっているのだろう、麻輝が顔をのけぞらせた。

「きみはほんとうはマゾだろう？　いたぶられるのが好きなんだ。さっき、トイレでイラマチオされて、うっとりしていたんじゃないのか？」

「わたしがマゾ？　へんなことは言わないで！」

「いや、マゾだ。こうすると……」

芳郎は背後から乳房に指を食い込ませて、もぎとらんばかりに力を込める。たわわな乳房がしなって、

「ぁああ、やめて……」

麻輝はそう言うものの、へっぴり腰になって、尻を後ろに突き出してくる。

「きみはMだ。絶対にMだ」

耳元で言い聞かせて、乳首を強めに圧迫して、さらに、きゅーと引っ張りあげる。伸ばしておいて、その状態で左右にねじると、

「あっ……あっ……」

麻輝はがくん、がくんと腰を落としかける。

「トイレの隣に人がいることを知りながら、昇りつめたのは誰だった？　きみだろ？　南田麻輝だろ？」

「……あれは、たんなる肉体的なものよ。イキたかったからよ」

「普通はああはならないんだよ。きみは、聞かれていることで昂奮していた。レストランでもそうだった。衆人環視のもとでオナニーしただろ？　マゾじゃなかったら、きみは淫乱だよ。淫乱のほうがいいのかい？」

「……マゾよりもましよ」

「そうか、じゃあきみは淫乱マゾってやつだ。その証拠に……」

芳郎は右手をおろして、スカートをまくりあげて、太腿の奥に届かせる。

「ほうら、こんなにぬるぬるにして……バイブは抜いているんだから、もうバイブのせいにはできないぞ。乳首はピンピンだし、オマ×コはぬるぬるだ。俺が嫌いだろ？　嫌いな相手にどうしてこんなになるんだ？」

「……生理現象よ」

「ほう、生理現象ね。無意識の領域で感じてしまう。そういうのを淫乱マゾって言うんだよ」

右手の指を曲げてちょっと力を込めると、ぬるりと二本の指が膣内にすべり込んでいき、

「ぁあああああっ……！」

麻輝は身をよじりながらも、歓喜の声をあげた。

芳郎が左手で乳首を、右手で濡れ溝を攻めると、麻輝はくなり、くなりと腰をくねらせて、

「ああん、ねえ、ベッドで……ベッドでお願い」

窓に手を突いて、哀願してくる。

「じゃあ、もう金輪際、この身体で男をたぶらかすのはやめるんだ。そう誓うなら、ベッドでやってやる」

「……いやよ、誰があんたなんかに！　何様だと思ってるの！」

麻輝が反抗してきた。

「だったら、もう終わりだ」

膣の指を抜こうとすると、

「やめないで！」

「だったら……」

「わかったわ。約束する」

「何を？」

「もう、枕もしない。同僚を誘惑することもしない。それで、いいんでしょ？」

麻輝が答える。

どうせ、つづけてほしいがためのこの場限りの誤魔化しだろう。

だが、これ以上追いつめても仕方がない。今はこの言葉を麻輝から引き出しただけでよしとしよう。

「約束だぞ」

「ええ……ぁああ、ねぇ、ベッドで、お願い」

芳郎はそれを承諾した。ただ認めたわけではない。ひとつ考えがあった。

麻輝のジャケットとスカート、パンティを脱がせ、生まれたままの姿でベッドにあげた。

芳郎も素っ裸になった。その際、ズボンのベルトを引き抜き、それを持ってベッドにあがった。

「……どうするの?」

ベッドに女座りした麻輝が、怪訝そうにベルトを見た。

「こうするんだ」

芳郎は麻輝に両手を前に出させて、手首のところをベルトでくくった。女性を本格的に縛ったことはないが、このくらいなら誰でもできる。

「こういうことをされたことはないのかい?」

「当たり前よ。普通なら、絶対にさせないわ。今は契約があるから、許してるだけよ」

「その割には、いやがらないね。むしろ、拘束を愉しんでいるように見えるけど……」

「馬鹿なことを言わないで! 勘違いよ」

「そうかな?」

芳郎はベッドに仁王立ちして、麻輝の膝をまたいだ。股間のものは元気一杯にいきりたっている。

おそらく、麻輝をこてんぱんにやっつけたいという強い気持ちが、分身にも伝わっているのだ。

血管が根っこのように這う勃起を目の当たりにして、麻輝の視線が泳いだ。

「しゃぶりなさい」

「いやよ」

「しなさい」

芳郎は麻輝のひとつにくくられた手をあげさせ、さらに、頭部を引き寄せて、いきりたつものを口許に押しつけた。

麻輝は必死に顔を振って逃れようとしていたが、強く押すと、唇がひろがって屹立が口腔に嵌まり込んだ。

麻輝は苦しげに顔をゆがめたが、芳郎が両手を引っ張りあげているので、大きくは動けない。

いや、逃れようとすればできるはずだが、麻輝は口を肉棹で割られたままだ。さっき、トイレでイラマチオしたときもこうだった。

やはり、強制的に何かを強いられるのは嫌いではないのだ。

麻輝は美人で、頭も良く、態度も高圧的だから、他人は彼女に遠慮して強く何かを強いることはしない。だからこそ、麻輝の心の奥底には、他の者に従わされることへの憧憬のようなものがあるのではないか？

ベルトでひとつにくくった両手を引きあげながら、芳郎は腰を前後させる。すると、唾液まみれの肉棹が彼女の薄い唇を行き来して、唾液をすくいだす。

「麻輝、こっちを見なさい」

初めて名前を呼んだ。

すると、麻輝はいやがらずに見あげてくる。Ｏ字になった唇をおぞましい柱にからみつかせたまま、潤みきった瞳を向けてくる。

最初は恨みがましい目をしていたが、芳郎が腰をつかうたびにその目から強い気迫のようなものが消えて、弱々しい女の目になっていった。

しばらく、手を持ちあげたままのイラマチオをつづけて、動きを止め、自分で動くように命じると、麻輝は躊躇なく顔を打ち振って、唇を肉棹にからませてくる。

二人の空間に没頭できるからだろうか、トイレでしていたときよりも、いっそう情感がこもっている。

「おおぅ……気持ちいいぞ」

会社でも五本の指に入るきりっとした美人トップセールスウーマンが、自分ごとき中年男のイチモツを一途に頬張ってくれている。

肩に散ったソバージュヘア、尖った口許、高い鼻、とろんとした瞳——。

「今、きみが咥えているものを、欲しいかい？　あそこに入れてほしい？」

訊くと、麻輝は頬張ったまま即座に目でうなずいた。

「よし……ベッドに這いなさい」

肉棹を吐き出して、麻輝は一刻も早く入れて、とばかりに、ひとつにくくられた手から肘までをベッドに突き、腰を後ろに突き出してくる。

モデル体型をした女の牝豹のポーズは、見ているだけで、尻を叩きたくなる。

芳郎は後ろにしゃがみ、いきりたつものを一気に打ち込んだ。

さっきよりずっと練れた肉路がうごめきながら、屹立にからみついてきて、麻輝がベルトでくくられた手をチューリップのように開いて、顔をのけぞらせる。

「あうぅぅ……！」

急峻な角度でひろがった尻をつかみ寄せて、膣の感触を味わうようにゆったりと突くと、

「んっ……んっ……んっ……」

麻輝はストロークに翻弄されるように声をあげ、裸身を前後に揺する。

気持ち良すぎた。肉棹を出し入れするたびに、入口がきゅ、きゅっと締まって、ジンとした疼きが湧きあがってくる。

あっと言う間に射精しそうになって、芳郎はそれをこらえようと、尻をつかんだ。

左右の尻たぶをぎゅうと鷲づかみにすると、

「ぁあああ……！」

麻輝が鋭く喘いだ。

(そうか……こういうのも感じるんだな)

芳郎は尻肉を強く握って、さらに、パン、パーンと平手で叩いた。

意識的にやったわけではない。ごく自然に出たスパンキングだった。

「ぁああ……いやよ」

「いやじゃないだろ？　これは罰を与えているんだ。これまで、男を利用してきたきみを懲らしめているんだ」

もう一度、パン、パーンと手のひらで尻たぶを叩いた。

「痛ぁー、やめて……いやよ、いや……」

麻輝はそう言うものの、口調は前より弱々しくなっている。

「ほんとうは悦んでいるくせに……そうら、これでどうだ？」

また、スパンキングをして、赤くなった尻たぶを一転してやさしく撫でる。

と、麻輝の様子が一気に変わった。

「ぁあああ……ぁああ……気持ちいいの。ぁあああ……」

這ったまま、顔の側面をシーツにつけて、高々と持ちあがった腰を揺らめかせる。

そして、膣がきゅ、きゅっと締まって、肉棹を締めつけてくる。

(おおぅ、たまらん!)

芳郎は削ぎ落としたようなウエストをつかみ寄せて、思い切り、肉棹を叩き込んだ。

イチゴジャムを塗ったように赤く染まった尻たぶを下腹部が叩き、

「あん、あん、あんっ……ぁあああぁぁ、いいのぉ。いいのよぉ」

麻輝はほとんど泣いているような喘ぎ声をあげる。

麻輝を仰向けにして、正面から突入した。

前に体を倒して、両手で麻輝の腕を頭上で押さえつける。

腋の下をあらわにした麻輝は自分が拘束されて、自由を奪われ、犯されているような気分になっているのだろう。

激しく胸を上下動させ、二の腕に顔を埋めている。

「きみはマゾだ。そうだね?」

芳郎は上から見おろして言う。

麻輝が答えないので、もう一度、訊いた。すると、今度は麻輝は、

「そうです。わたしはMです」

そう言って、頬を染める。

「素直でいいよ。きみはほんとうはすごく性格のいい人なんだ。そうだね？」

「……たぶん」

「だったら、日常もそれで行けばいいじゃないか」

「……わかりました」

麻輝がどこまで本気に答えているかどうかはわからない。いや、少なくとも今は真実の声だろう。きっとまたすぐに元に戻ってしまうだろうが。

「それでいいんだ。両手はこのままだよ、いいね？」

「はい……」

芳郎はあらわになった形のいい乳房を揉みしだき、乳首を捏ねた。そうしながら、腰をゆるやかにつかうと、

「ぁああ、ぁあああ……いいの。いいのよぉ」

麻輝はベルトでくくられた両腕を頭上にあげたまま、顎をせりあげる。

芳郎もそろそろ限界を迎えていた。

上体を立てて、麻輝の足をすくいあげて、肩にかける。

すらりとした足を肩に担いで、ぐっと前に体重をかけると、女体が腰からくの字に曲がった。この体位だと、肉棹の長短にかかわらず打ち込みの深度が自然に深くなる。

「ぁあうぅ……」

と、麻輝がつらそうに眉を折り曲げた。膣が波打って、肉棹を包み込んでくる。

芳郎は腰をつかいながら訊いた。

「気持ちいいんだね？」

「はい……気持ちいい。深いところに突き刺さってる……ぁああ、ちょうだい。麻輝をメチャクチャにして……ぁああ、お願い」

「そうら、メチャクチャにしてやる」

芳郎は腰を浮かして、ほぼ真上から打ちおろした。上を向いた膣に硬直が深々と突き刺さって、

「あん、あんっ、あんっ……」

麻輝が両手をあげた姿勢で、喘ぎをスタッカートさせる。

ずりゅっ、ずりゅっと上から打ちおろすたびに、芳郎も高まっていく。

芳郎の顔の真下に、麻輝の顔がある。そのきりっとした美貌が今は快楽にゆがんでいる。

額に噴き出した汗がぽたっ、ぽたっと落ちて、麻輝の顔を汚した。だが、麻輝は中年男の汗さえ不快と感じないようで、端麗な顔を朱に染めている。

芳郎が歯を食いしばって打ちおろすと、麻輝の気配が切羽詰まってきた。

「あんっ、あんっ、あんっ……ぁあああ、来る……来る、来るの」

「イケよ。そうら、メチャクチャにしてやる」

「ぁああ、そうよ。麻輝をメチャクチャにして」

芳郎は最後の力を振り絞って、叩きつけた。

巾着に締めつけられて、下腹部の甘い疼きが急激にひろがった。

それをこらえて打ち据えると、麻輝は乳房を激しく波打たせ、顎を突きあげて、

「ぁああ、来るの……来るわ」

「俺も出す。俺も……」

しゃにむに叩き込んだとき、

「ぁあああ、来る……やぁあああああああああぁぁ、くうっ！」

麻輝が顎をいっぱいまでせりあげて、のけぞりかえった。

(ああ、ついにやったぞ!)

麻輝を本格的にエクスタシーに導いて、芳郎も気が緩んだのか、次の瞬間、激しくしぶかせていた。

情事を終えても、麻輝はぐったりとしてベッドに横たわっている。両手をくくったベルトを外すことも要求しないで、隣で背中を向けて丸まっている。

やはり、Mなのだろう。拘束状態の居心地がいいのだ。

「こっちに……」

向き直った麻輝の両手を出させて、ベルトを解いた。

ところどころ赤いベルトの跡のついた手首を、芳郎はマッサージして、血行をよくしてやる。細い手首を撫でながら、言った。

「麻輝さんは、ほんとMなんだね」

「……自分でも気づかなかったわ」

はにかんで、麻輝は身を寄せてきた。横向きになって、仰臥した芳郎にぴたりと身体をくっつけてくる。

女の子丸出しのかわいらしい姿にドキッとしながらも、芳郎は訊いていた。

「これまでの男は、きみにこういうことはしてくれなかったの？」

「Sっけのある男は、わたしを避けるみたい。寄ってくるのは、M男性ばっかり」

麻輝が自嘲気味に言って、芳郎の胸板を手でなぞってくる。

「そうか……それで、きみは女王様役を務めざるを得なかったんだね」

「……きっと女の子は、誰でもMっけはあると思う。だって、男性器と女性器の形がそうでしょ？」

「俺もそう思うよ。挿入自体が、SM的な気持ちがないと成り立たない」

芳郎は相槌を打つ。

「なのに、みんな、わたしに上になってもらいたがるのよ」

「女王様体型をしているからじゃないか。それに、気が強いしね……」

「ほんとうのわたしはそうでもないのよ。でも、誤解されちゃうのよ」

麻輝が髪をかきあげて、芳郎を見た。

「最初、きみはすごく突慳貪で、失礼だった。でも、今はすごくかわいいよ」

「いやだわ。わたしはかわいくないわ」

「そんなことはない。こうしているきみはかわいいよ」

言うと、麻輝が照れたように目を伏せた。

やはり、麻輝もツンデレ女のひとりなのだろう。そして、突っ張っている女がでれっとなるのは、男心をそそる。

麻輝が芳郎の乳首をいじりだした。照れ隠しなのだろう。

いい機会である。芳郎は会社での石神冴子の様子をさぐりたくて、それとなく訊いてみた。

「会社を辞めて、もう一カ月経つんだけど……会社のほうはどう？　石神課長、相変わらずかい？」

かるくジャブを出したつもりだが、麻輝の気配が変わった。

「あの人……最低！」

吐き捨てるように言って、額に青筋を立てた。

「どうして？」

「あの人、わたしの課長昇進を妨害してるのよ。上のほうをたぶらかして」

「上って……もしかして、佐伯部長かい？」

「知ってるの？」

「……石神くんが、佐伯と社内不倫してるって話を聞いたからね」

「ええ？　やっぱり、そうなんだ」

「気づいていなかったの？」

「……噂は出てるけど、それはあくまでも噂で、確固とした証拠がなければ、ただの中傷だから、かえってこちらの立場が危うくなるでしょ？　で、その情報、どこから出てるの？」

芳郎は頭を回転させた。

佐伯の妻である和代とは、石神冴子を失墜させるための策略を練った。

社内不倫を表沙汰にすれば簡単なことだが、そうなると、佐伯部長自体も地位を失いかねない。それに、和代の世間体だってある。浮気された妻とは見られたくないというのだ。

つまり、和代は冴子に一矢を報いたいと思っているが、夫や自分の面子も潰したくないと考えているようで、なかなかこれという策が見つからないでいた。

(麻輝を仲間に入れたら、どうにかなるかもしれない)

とっさにそう判断して、

「まだ、口外はしないでくれよ。じつは、佐伯の妻の和代さんからなんだ」

「あの、秘書の相談役の和代さんから？」

「ああ。和代さんも、石神冴子を何とかしたいようだけど、不倫沙汰を表面化したら、ダンナにも危害が及ぶからね。それで、悩んでいるようなんだ」

事情を説明すると、麻輝が言った。

「つまり、敵は同じってことね。わたしも和代さんも」

「そうだ。じつは俺のほうも、かつての部下の山下逢子から、石神課長にひどくいじめられているから助けてくださいって、相談されていてね。俺も何とかしてあげたいんだよ。彼女は俺がかわいがっていた部下だからね」

「じゃあ、あれじゃない。我々の共通する敵は、石神冴子ってことでしょ？」

「ああ、そうなるね」

「あの女もやるわね。これだけの人を敵にまわすなんて、尋常じゃないわ」

麻輝が苦笑した。

「佐伯部長を傷つけないで、石神冴子を失脚させればいいんでしょ？」

「ああ、そうだ」

「わかったわ。わたし、人を貶める策略を練るの、得意なのよ」

麻輝の表情が嬉々としてきた。

「得意っていうより、好きなんだろ？」

「えっ……？」

「いや、何でもない。とにかく味方は多いほうがいい。よろしく頼むよ」

「わかったわ、考えておく。わたし、あの女は絶対に許せないの」

「きみの課長昇進もかかっているしね」

麻輝がこくりとうなずいた。

「でも、その前にもう一回して……縛って」

麻輝はベルトを芳郎に渡して、両手を前に突き出してきた。

第五章　盗撮しつつ人妻と

1

その夜、芳郎はホテルの部屋で、佐伯和代と一緒にいた。

「そろそろ、来るかしら？」

裾模様の散った友禅の着物をつけた和代が、ノートパソコンの画面を覗き込む。

「もう、こっちに向かったって、さっき南田麻輝からメールが入ったから、間もなく来るはずだよ」

「……主人、ほんとうに脇が甘いのね。妻として恥ずかしいわ」

和代が苦虫を嚙みつぶしたような顔をした。

あれから、麻輝も含めた三人で、打倒石神冴子の策略を練った。ああでもない、こうでもないと案を出しているうちに、麻輝が『わたしが部長を落とすわ』と提案したのだ。

つまり、麻輝が佐伯を誘惑して、ホテルに連れてきて、セックスをする。それを盗撮し、その映像をネタに佐伯を脅す。

麻輝との不倫映像を佐伯に突きつけて、これを社内のパソコンに流すと言えば、佐伯は絶対にこちらの言うことを呑むだろう。

石神冴子との関係を断ち切ることと、冴子の後ろ楯をやめることを約束させる。さらに、誰かが冴子を告発したときに、それを揉み消すことなく、受け入れることも。

こんな回りくどいことをせずとも、冴子との不倫現場を抑えたほうが簡単なのだが、二人は逢引きの際には極めて慎重で、尻尾をつかませなかった。

盗撮に関しては、もちろんその場で録画することが一番簡単だが、それでは実際に録画されているか不安である。それで、芳郎がホテルの隣室で、盗撮映像をキャッチして、それを見ながら録画することになった。

そう決めたとき、和代がわたしもついていきます、と身を乗り出してきた。

『いや、ご主人の浮気現場を映像とは言え、見ることになるから、やめたほうがいいと思うよ』

芳郎はやんわりとたしなめたのだが、

『家でやきもきするよりも、この目で確かめたほうがましよ。大丈夫。もう愛情は冷めているから、妙なことはしないわ』

と、和代が懇願するので、芳郎は折れた。

そして、当日、芳郎はあらかじめホテルの隣同士の部屋を取って、盗撮用カメラを仕掛けた。

その受信と録画を確認して、二人の到着を待っていた。

（しかし、佐伯の野郎、ほんとうに女に弱いな）

もちろん、南田麻輝の抜群の容姿としたたかな誘惑術があってのことだ。美貌という点では同レベルだが、麻輝は冴子よりも若い。それに、男は同レベルなら新鮮な女のほうを取る。男は初物に弱い生き物である。

ノートパソコンはライティングデスクの上に置いてあり、その前の椅子に和代が座って、今は無人の隣室の映像をじっと見ている。

芳郎はその背後に立って、部屋をうろうろしていた。

若干、佐伯に対して同情も感じていた。だが、佐伯はどういう手を使ったのか知らないが、策略を巡らして芳郎を追い落とし、奪った恋人を妻にしておきながら、社内不倫をして、その高慢な愛人の後ろ楯になっている。

(ろくな男じゃない。自業自得だ)

自分に言い聞かせていると、パソコンのディスプレイに人影が映った。

最初にフレームインしてきたのは、麻輝だ。

シャープなラインのスーツを着ているが、ジャケットの胸は大きくひろがって胸のふくらみがのぞいている。

もともとソバージュヘアの派手な髪形でくっきりした顔立ちをしているのだが、今夜はいっそう誘惑的な化粧をしていた。赤いルージュがぬめぬめと光っている。

その麻輝に腕を引かれて、佐伯が画面に入ってきた。

芳郎と同年齢だから五十五歳のはずだが、オールバックにした髪はロマンスグレイでふさふさだ。和代によればスポーツジムに通っているらしく、体型もがっちりとしているが、決して太ってはいない。

その佐伯が部屋を見まわして、言った。音声もクリアだった。

『いい部屋じゃないか。最初から俺を誘うつもりだったな?』

麻輝を見て、にやりと笑った。

『とんでもない。佐伯部長がついてきたんじゃない。わたしがここに泊まるのを知って……部長が自分から来たのよ』

麻輝がそう答える。明らかに、後でこの映像を見たときに、佐伯が自らの意思でやってきたことがわかるようにとの配慮だろう。

『まあ、そういうことにしておこうか。女はみんな自分が誘われたと、そう思いたがる。たとえ、自分が誘ったとしてもね』

佐伯がにやりと笑う。

顔もまあまあで、どちらかと言うと精悍である。妙な言い方だが、不倫が似合う容姿をしている。

（くそっ……！）

芳郎は社会的地位ばかりか、いい女も手に入れている元同僚に対して、嫉妬心が込みあげくるのを抑えきれなかった。

（いや、そうでもないぞ。肝心の佐伯の妻はここにいるんだから）

和代に目をやると、彼女は怖い目でモニターをにらみつけていた。

まだ、会話を交わしているだけなのに、手に持ったハンカチをぎゅうと握りしめている。これで、二人がセックスをはじめたら、いったいどうなってしまうのだろうか？

不安になってきて、声をかけた。

「和代さん、どうする？　出るかい？」

「逃げないわよ、わたしは。見届けてやるの」

「そうか……だけど、耐えられなくなったら、出ていっていいからな」

和代は無言で、モニターの二人に厳しい視線を浴びせている。

ふたたび、画面に視線を戻すと、二人がキスをしているところだった。

隠しカメラは斜め上から、ベッドを狙っている。

ベッドの前で、佐伯が麻輝を抱きしめ、唇を重ねていた。

そして、麻輝は佐伯の背中で、カメラに向かってVサインを送っている。

(馬鹿なことを……これで、ここの部分は編集してカットしなきゃいけないじゃないか)

麻輝の手が佐伯の尻にまわって、ズボン越しに尻を撫ではじめる。

見ると、佐伯の手も麻輝のスカートをたくしあげて、タイトミニのなかに入り込んでいた。

めくれあがったスカートの内側で、佐伯の指がパンティストッキング越しに麻輝の股間をさすりあげているのがわかる。

いつの間にか、麻輝の手も佐伯のズボンの股間をさすっている。

こわごわと和代のほうをうかがうと、眉をひそめて、モニター画面を凝視している。表情が凍りついたようで、どう思っているのかつかめない。

ふたたびディスプレイに目をやった。

佐伯が麻輝をベッドに押し倒したところだった。

仰向けになった麻輝に覆いかぶさるようにして、佐伯は唇を奪い、猛烈なキスを浴びせながら、胸のふくらみを揉みしだいている。

麻輝はすでにジャケットを脱いでいる。襟元の大きく開いたブラウスを着ていた。そのボタンを、佐伯の指が器用に外し、ブラウスの裾をスカートから取り出す。

佐伯はブラウスを強引に肩から脱がし、床に放り投げた。

ぶるんっとこぼれでてきた乳房は黒の刺しゅう付きハーフブラに押しあげられ、そのふくらみを佐伯は揉み込みながら、上から麻輝の表情をうかがっている。

（……なかなか、スムーズじゃないか）

まるで、女を攻略する手順の見本を見ているようで、芳郎は内心、感心してしまった。

(おかしいぞ。俺より明らかに上手いじゃないか)

劣等感さえ感じた。

(和代は俺のほうが上手いと言ってくれたんだが……)

画面のなかで、佐伯はブラジャーを押しさげ、現れた乳首を口に含んだ。舐め転がしながら、麻輝の様子をうかがっている。

右手では、左の乳首をつまんで転がしている。そして、右の乳首にしゃぶりついて、明らかに尖ってきたセピア色の乳首を丹念に舐めている。

その間も、すらりと長い足の間に差し込んだ膝で、黒いパンティストッキング越しに麻輝の股間を擦っている。

それをつづけるうちに、麻輝の様子が変わってきた。

『ぁあああん……あっ……ぁあああん』

右手の甲を口にあてて喘ぎ、顔をのけぞらせている。

麻輝が演技ではなく、本気で感じているのは、下腹部をぐいぐいと佐伯の膝に擦りつけているそのはしたない動きでわかる。

和代をうかがった。

彼女はパソコンの画面を見ながら、唇を噛みしめている。きっと嫉妬と怒りが渦巻いているのだろう。瞳のなかにはメラメラと炎が燃え盛っている。

しかし、なぜか腰がわずかに揺れている。

古典柄の裾模様の走る着物に包まれた腰が、前後に動き、時々、太腿が擦り合わさっているのが外側からでもわかる。

(うん、もしかして、感じている?)

そのとき、和代の右手が白い半襟をのぞかせた着物の胸元に伸びた。

やわやわと強弱をつけて、着物越しに乳房を揉みながらも、何かにとり憑かれたような表情で、画面のなかの二人に視線を投げている。

(そうか……)

和代は、佐伯とはしばらくセックスしていないというから、ひさしぶりに夫の愛撫を見て、眠っていた記憶が呼び覚まされてしまったのだろう。

そんな人妻に、芳郎も昂奮した。

夫が他の女と情事を交わすのを見て、自分も昂ってしまう和代に女の持つどうしようもない業のようなものを感じて、下腹部のものが力を漲らせてきた。

2

芳郎は右手を伸ばして、着物の襟元から内側へとすべり込ませる。

「あっ……！」

和代がびくっと震えて、それをふせごうとでもするかのように前に屈み込んだ。

だが、芳郎の右手は左の乳房のたわわな感触をとらえていた。しかも、ふくらみの中心がすでに硬くなっている。

和代はうつむいて、顔を左右に振る。

「いいんだ。俺たちも愉しもう。愉しまなきゃ、損だ。いいんだって……」

耳元で囁いて、背後から温かいふくらみを揉みしだいた。

すると、いやいやをしながらも、和代の顔があがってきて、ついには上体を真っ直ぐにして、

「んっ……んっ……。ぁああ、こんなの恥ずかしいわ。自分がいや……」

芳郎の腕をつかんだ。

「恥じることなんかないさ。俺だって、ほら、こんなに……」

芳郎は和代の左手をつかんで、後ろに引き寄せ、ズボンの股間に触らせた。そこはすでにいきりたっていた。

「どう？」

「……カチンカチン」

「そうだろ？　じつは、きみが感じているところを見て、こうなったんだ」

耳元で囁くと、和代は後ろ手に股間のふくらみを握って、ぎゅっ、ぎゅっとしごいてくる。

芳郎が襟元に差し込んだ手で、乳首をかるく圧迫すると、

「んっ……んっ……ぁあああ、わたし、へんだわ」

「どうして？」

「だって……すごく感じるの。ぁあああ……あんなことをして」

和代がパソコンの画面を見て、眉をひそめる。

見ると、モニターのなかで、佐伯が麻輝の下腹部にむしゃぶりついていた。

すでに、麻輝のスカートは脱がされて、黒い透過性の高いパンティストッキングに包まれた下半身がでんぐり返しの途中のような姿勢で持ちあげられ、佐伯が太腿の奥を舐めている。

そのまんぐり返しクンニの形が、ひどくいやらしかった。

と、佐伯が何か言って、パンティストッキングに手をかけて、ぐいと引っ張った。黒いパンティストッキングが破れて、黒いTバックが股間をTの字に走っているのが見える。

「知らなかった。佐伯はあんなことをするんだな」

「あの人、わたしにはしてくれないのよ、あんなこと」

和代が唇をきゅっと嚙んだ。

なるほど。釣った魚には餌をやらないということか。妻に対してはノーマルなプレイしかできない男の気持ちは、芳郎にもよくわかる。

佐伯は上を向いた麻輝の股間を、Tバックを横にずらして、舐めしゃぶっている。

しばらくすると、麻輝の足が宙を蹴り、親指がぎゅうと折れ曲がって、

『ぁああ、あああぁ……いい。いいのよぉ』

両手を開いてシーツをつかみ、麻輝は歓喜の声をあげる。

(本気の声を出しやがって……)

麻輝は感受性が強いし、マゾ心があるから、こういう屈辱的なクンニリングス

は感じるに違いない。わかっていても、嫉妬じみたものが湧きあがってくる。

（俺だって……）

芳郎は長襦袢の下で息づく乳房を揉みしだき、尖っている乳首を指腹に挟んで転がした。さらに、結われた髪からのぞくうなじにフーッと息をかけると、

「ぁあああ……ダメっ……」

和代が顔をぐーんとのけぞらせる。

「いいんだよ、感じて。抑えなくていいんだよ」

芳郎が後ろから誘うと、和代の手がおずおずとおりていって、着物の前身頃《まえみごろ》を一枚、また一枚とめくり、さらには、白い長襦袢の前をはだけた。

仄白い太腿があらわになり、そこに和代の右手が這いおりていった。

濃い翳りの底を、手のひらで覆い、波打つように動かしては、

「ぁああ、こんなこと、いやっ……いや、いや」

と顔を伏せる。

「和代さんも、ああされたいんだね？」

「……」

和代は答えない。だが、無言であることが、彼女の気持ちを代弁していた。

期待に応えようと、芳郎は椅子の前にしゃがんだ。

ライティングデスクの下にうずくまって、和代のむっちりとした太腿をぐいとひろげる。

「ぁああ、ちょっと……」

和代があわてて股間を手で隠した。

その手を外したとき、その羞恥の理由がわかった。

漆黒の翳りの底はすでにしとどに濡れていて、ホテルの間接照明を反射して、きらきらと光っていた。

「こんなに濡らして……」

芳郎は膝の裏に手を添えて、ぐいと持ちあげながら開いた。

すると、M字にひろがった太腿の中心に、女の花肉が艶やかに花開いた。そこは大量の蜜をたたえて、赤い粘膜と膣口までもが顔をのぞかせている。

「いやよ……濡れてるでしょ？」

「ああ、すごい濡れようだ」

芳郎は太腿の奥に顔を埋め込んだ。

一瞬、むっとした濃密な蜜の香りがして、舌が狭間に届くと、

「ぁああっ……ダメっ……んっ、んっ、んっ……」

和代は舌づかいに翻弄されるように声をあげ、腰をびくんびくんと痙攣させる。

芳郎は狭間を上下に舐め、陰唇の脇にも舌を走らせる。

「ぁああ……恥ずかしい。こんなのダメよ……あっ、あっ……ぁうぅぅ」

持ちあげられている白足袋に包まれた足が、ぎゅうと指をのけぞらせ、反対に折れ曲がる。

芳郎は両手で陰唇をひろげて、笹舟形の交差する上方の陰核を舌で転がし、さらに、ちゅーっと吸った。

「はぁああん……！」

途端に、和代は下腹部を突きあげて、芳郎の顔を押さえつける。

そうして、自ら腰を打ち振って、濡れ溝を擦りつけてくる。

淫蜜で顔面をべとべとにしながらも、芳郎はここぞとばかりに狭間を舐めた。

いったん動きを止めて、訊いた。

「和代さん、今、二人はどうしてる？」

「……おしゃぶりしているわ」

「えっ？」

「麻輝さんが、主人のをおしゃぶりしてるわ」

その言い方に憧憬が混ざっているような気がして、訊いた。

「きみも、しゃぶりたい？」

和代は答えない。だが、雰囲気で気持ちが伝わってくる。

芳郎は股間から顔をあげて、ズボンとブリーフを脱いだ。そして、ノートパソコンをベッドの上に移動させて、ディスプレイが見える位置で仁王立ちする。

と、和代がその前にしゃがんだ。

着物姿の和代はいったん絨毯に正座して、そこから腰を浮かす形で、芳郎のイチモツを握った。

ゆるやかにしごきながら、横目にパソコン画面を見ている。

モニターのなかでは、同じようにベッドに仁王立ちした佐伯の前に麻輝がしゃがんで、いきりたつものを頬張っている。

麻輝がいったん肉棹を吐き出したので、イチモツが見えた。

（ふん、あんなものか……）

どう見ても、芳郎のもののほうが立派だ。しかし、佐伯の分身はすごい角度で臍に向かってそそりたっている。

(やるじゃないか……この歳であの角度か。しかし、大きさは俺のほうが上だ。一勝一敗ってとこだな)

知らずしらずのうちに、ものの比較をしている自分が滑稽ではある。

画面のなかで、麻輝が股ぐらに顔を埋め込むようにして、佐伯の皺袋を舐めはじめた。

袋に丁寧に舌を這わせていた麻輝が、さらに姿勢を低くした。股ぐらに潜り込むようにして、会陰部に舌を伸ばす。

(うっ……俺にはあんなことしてくれなかったぞ)

佐伯が気持ち良さそうに顔をのけぞらせているのを見ると、何だかひどく苛ついた。

だが、次の瞬間、その気持ちも吹き飛んだ。

和代が同じように、股ぐらに顔を埋めてきたからだ。

片手を絨毯に突いて、見あげる形で、和代は会陰部を舐めてくれる。

なめらかな舌が敏感な蟻の門渡りを上へ下へと這う。その間も、いきりたちを握ってしごいてくれている。

きっと、和代は麻輝と競争しているのだ。わたしのほうが彼女よりできると示したいのだ。

（ああ、すごいぞ。くううぅっ……）

芳郎は股ぐらを、蛞蝓《なめくじ》が這うような快感に酔いしれる。

目を閉じて、愉悦を味わっていると、睾丸に刺激を感じた。ハッとしてみると、和代が片方の睾丸を頬張っていた。

睾丸を丸ごと口におさめて、かるく顔を打ち振りながら、同じリズムで肉棹を握りしごいてくる。

「くっ……おお、気持ちいいよ」

思わず言うと、和代は片方の睾丸を頬張ったまま見あげて、にっと笑った。

その優美でいながら猥褻な表情がとてもエロティックで、和代の手のなかで硬直がびくんと躍りあがった。

和代はもう片方の睾丸も同じようにしゃぶり、吐き出して、肉棹に唇をかぶせた。ずりゅっ、ずりゅっと大きくすべらせながら、顔を傾けて、パソコン画面を見る。

隣室では、麻輝が歯磨きフェラをしていた。これも、麻輝のようなマゾにとっては悦びなのだろう。

醜く頬をふくらませながらも、それを見てとばかりに陶酔して、亀頭部を頬の内側で擦りあげている。

と、和代も負けじと、歯磨きフェラをはじめた。

顔を傾けて、頬の内側に亀頭部を擦りつけるので、片方の頬が飴玉でもしゃぶっているようにふくらみ、それが移動する。

「くぅぅ、気持ちいいよ」

芳郎は目を閉じて、もたらされる快感を満喫する。

会社では女性同士のライバル心ほど厄介なものはなかった。女は無意味に競い合う。

だが、その一番になりたいという女心も、こういう場ではいい具合に働くようだ。

モニターを見ると、そこでは、麻輝が佐伯を追い込もうと、懸命に顔を打ち振っている。

両手で佐伯の腰を引き寄せ、もう逃がさないとばかりに猛烈に唇をすべらせている。

それを見た和代も負けじと、ストロークのピッチをあげた。

着物の袖から伸びた手で根元のほうを握って、強く速く擦り、それの倍のピッチで亀頭冠を中心に唇をすべらせる。

快感がうねりあがってきて、芳郎は射精しそうになる。

だが、ここで出してしまっては、後がつづかない。

モニターでは、佐伯が腰を引いてフェラチオをやめさせたところだった。

それを見て、芳郎もとっさに肉棹を抜き取って、暴発を免れた。

3

モニターを時折見ながら、和代は着物を脱いでいる。

金糸の入った帯をしゅるしゅると衣擦れの音をさせて解いた。友禅の着物を肩からすべり落として、白い長襦袢姿になり、着物をクロゼットにかける。

それから、結ってあった髪を解いて、顔を左右に振ると、黒髪が生き物のように垂れ落ちて、白い襦袢の背中までかかる。

芳郎はパソコンに目を移した。

画面では、佐伯が麻輝にネクタイで目隠しをして、さらに、両手首を前に出させ、手首のところをバスローブの腰紐でぐるぐる巻きにしている。

麻輝が拘束を求めたのか、それとも、佐伯が麻輝のマゾヒズムを見抜いたのかわからない。

だが、目隠しされて、両手を前のほうでくくられた麻輝は、全身から抵抗する意志がまったく感じられず、そのすべてをゆだねきっている様子がひどく男心をかきたてる。

「和代さん、どうする？ 同じことをするかい？」

訊くと、和代はこっくりとうなずく。

「しかし、目隠しをすると、映像が見られなくなるよ」

「いいのよ。想像するから……それに、声は聞こえるわ」

「わかった。きみがいいなら、そうしよう」

芳郎は和代の長襦袢を脱がして、その腰紐で和代の目を横一文字に覆い、見えないことを確認して、後ろでぎゅっと結んだ。

和代は赤い腰巻と白足袋だけをつけた状態である。

さっき和代が帯を解いたときに一緒に外した帯揚げを利用して、和代の手首を前に出させてひとつにくくった。

帯揚げは縮緬《ちりめん》でできていて、とても柔らかいから、手首を強めに縛っても、傷つくことはない。

「何か怖いわ。まるで見えないもの。真っ暗よ……やさしくしてね。わたしを傷つけないでね」

やはり、視覚を奪われて心細いのだろう、和代が不安丸出しで言って、怯えたようにベッドに座る。

モニターを見ると、佐伯が目隠しをして手首を拘束した麻輝をベッドに横たえて、愛撫をしている。

両手を頭上にあげさせられた麻輝は、あらわになった腋の下を舐められて、

『ぁあああん……いや、いや……ぁあうぅぅ』

と、激しく身をよじっている。

「ねえ、何をされているの？」

和代が訊いてくる。

「こうされているんだ」

芳郎は和代をベッドに仰向けに寝かせると、両手を頭上にあげさせる。

ピンクの帯揚げを巻きつけられた手首が頭の上にあり、したがって、和代の左

右の腋の下は完全にさらけだされてしまっている。

「いい格好だよ。腋の下が丸見えだ。匂いを嗅ぐから、絶対に腋を閉じてはダメだよ」

言い聞かせて、芳郎が腋窩《えきか》に顔を寄せると、

「ぁああ、いやっ……嗅がないで」

和代が肘をおろそうとする。

「ダメじゃないか。言いつけを守りなさい。麻輝さんはちゃんと言いつけを守ってるぞ」

「ほんとうに？」

「ああ、事実だ」

和代がしぶしぶと両手を頭上にあげた。

芳郎はあらわになった、向かって右側の腋窩に顔を接近させる。

女の身嗜《みだしな》みで、きれいに腋毛は剃られていた。微妙なアンジュレーションを持つ腋の下のところどころに黒い粒々がある。ということは、和代はここの脱毛はしていないのだろう。剃っているだけだと、どうしても剃り跡が目立つ。

「ふふっ、剃り残しだな。触っただけで、チクチクする」

言うと、和代は「いやっ」と腋を閉じようとする。

さがってきた肘をつかんで押しあげ、芳郎はその窪みの匂いを嗅ぐ。

もっとも汗をかきやすく、したがって、汗の匂いや体臭が籠もる場所は、甘ったるい独特の匂いを発していて、その匂いの粒子を吸い込むと、芳郎のいやらしい部分が目覚める。

「……ぁああ、もういいでしょ？　あんまり嗅がないで」

和代が不安そうに言う。

目隠しをされて視覚を奪われているから、いっそう感覚が研ぎ澄まされてくるのだ。

「心配するな。いい匂いがするよ……フラメンコで女は両手をあげて腋の下をさらすだろ？　あれは、男を誘っているんだ。それに、実際、腋を見せたほうが男が落ちやすいらしいぞ。つまり、腋の下は女の武器だってことだ」

芳郎が腋窩にちゅっ、ちゅっとキスをすると、

「あっ……あっ……！」

くすぐったいのか、それとも感じてしまうのか、和代がびくっ、びくんと身体を震わせる。

腋の窪みにツーッ、ツーッと舌を走らせる。

脇腹へとつづく下から、二の腕へとつづく上へと、その微妙なスロープに沿って舌を走らせると、

「ぁあぁ……許して……もう、許して……ぁあぁ、ダメっ……くっ、くっ」

和代はいっそう大きく身体をのけぞらせる。

と、さっきから感じていた腋の匂いがいっそう強くなって、その馥郁たる香りに芳郎はさらなる深い性の世界へと誘われてしまう。

二の腕の内側を舐めあげていくと、

「ぁあぁあ……それ……」

和代が全身を震わせて、顎をせりあげた。

熟女の二の腕は細いが、それなりの贅肉もたたえていて、舐めるとその柔らかさが気持ちいい。

芳郎は肘から舌をおろしていき、今度は腋の下から脇腹へと舐めさげていった。

両腕をあげた姿勢のためか、肋骨がわずかに浮き出ていて、その肋骨の階段を上へ下へと舌を走らせる。

「ぁあぁあ……ぁあぁあ……」

和代が感に堪えないという声をあげて、身をよじった。

「どうした？　そんなに気持ちいいか？」

「はい……すごく感じる。あなたの舌をすごく感じるの」

「見えてないからだ。人は視覚を奪われると、他の五感でそれを補おうとするからね。ますます触覚が研ぎ澄まされる」

そう言って、芳郎は顔を胸へと移した。

両手をあげているので、乳房も上に引っ張られている。その形よくふくらんだ乳房は仰臥しているにもかかわらず、横に流れることなくきっちりとしたお椀形を保っている。

そして、乳暈も乳首も赤く色づき、静脈を透けださせた白い乳肌は絹のようにぬめぬめとした光沢を放っている。

和代の乳首が強い性感帯であることはわかっている。

しゃぶりついた。すでにしこっている乳首を口に含み、舌でれろれろと転がし、唇でついばむように小刻みに刺激をする。

すると、和代はもう我慢できないとでもいうように、

「ぁあああ、いいの……くっ、くっ……」

あげられた二の腕に顔面を擦りつけて、喘ぎを抑える。

「きみは乳首がすごく感じるんだな。昔からそうだった。乳首だけでイッたこともあった」

唇を乳首に接したまま言って、今度は指で乳首をつまんで捏ねる。左右から挟んで、こよりを作るようにねじった。

そして、乳首のトップにちろちろと舌を走らせると、

「ぁああ、それ……！」

和代があからさまな声をあげて、腰をもどかしそうに揺らしはじめた。

赤い腰巻がまとわりつく足をひろげているので、腰巻から白い太腿や脛がのぞいて、それが白足袋とともにうごめく様子がひどくいやらしい。

ベッドの枕元に置かれたノートパソコンに目をやると、画面では、佐伯があのまんぐり返しの姿勢で、麻輝の股間をクンニしていた。

（俺もああするか……）

芳郎は和代の腰を持ちあげて、でんぐり返しの途中の姿勢で止める。

赤い腰巻がはだけて、白足袋に包まれた足と太腿があらわになり、その中心に濃い陰毛とともに女の肉蘭がしどけなく花をひろげていた。

芳郎は姿勢が崩れないように押さえつけながら、太腿の間に顔を埋め込んでいく。

あふれでた蜜をすくいとるように舌を走らせ、肉芽を舌先でくすぐってやる。さらに、まわし込んだ手で陰唇をひろげ、ぬっと現れてきた肉花にべっとりと舌を張りつかせると、和代の気配が変わった。

「ぁああ……ぁあああ……」

と、和代は何かに酔っているような声を長く伸ばし、顎をせりあげる。

腰紐で目隠しされた顔をいっぱいにのけぞらせ、白い歯列をのぞかせて、熱に浮かされているような声をあげる。

この姿勢では、陰部はおろかアヌスまで丸見えになっている。

皺の凝集した楚々とした後門をうがつように舐めると、

「ああ、ちょっと……いや……それは、いやです」

和代がぎゅうと尻たぶを窄める。

芳郎はアヌスの次は蘭の花を交互に舌で責めながら、時々、指で陰唇を蝶々の翅《はね》のようにひろげてやる。

展翅《てんし》された蝶の翅をすりすりと擦りながら、会陰部をツーッ、ツーッと舐める

と、和代はどうしていいのわからないといった様子で、腰をくねらせ、

「ぁああ、もうダメっ……ちょうだい。芳郎さんのおチンチンをちょうだい。もう、我慢できない」

必死に懇願してくる。

4

ちょっと考えて、芳郎は和代をベッドに這わせ、赤い腰巻をまくりあげると、後ろから打ち込んだ。

屹立がとろとろに蕩けた肉路をうがち、

「ぁあああ、いいのよぉ……」

和代は目隠しされた顔を撥ねあげ、ひとつにくくられた手の肘を突いて、背中をしならせる。

「くうぅぅ、ほんとうに和代さんのオマ×コは具合がいい。からみつきながら、締めつけてくる」

褒めて、芳郎はゆっくりと腰をつかう。

二人が向いているほうには同時録画しているパソコンが置いてあって、画面には佐伯が懸命に麻輝を攻めている映像が、音とともに流されている。

芳郎がこの体位にしたのは、自分がその映像を見ながら、和代と交接できるからに他ならない。

「ねえ、今二人は何をしているの？」

目隠しされて、目が見えない和代が訊いてくる。

「実況中継しようか。ちょうど今、二人は獣スタイルでつがっている。聞こえるだろ？」

芳郎が動きを中断すると、

『あんっ、あんっ、あんっ……』

後ろから突かれて喘ぐ麻輝の声が、パソコンから流れる。

「わたしと同じ格好でされているのね？」

「ああ、きみと同じ格好だ。少し違うのは、麻輝は両手を前に投げ出して、上体を低くしていることだ。もちろん、目隠しはつづいているし、手も前で縛られたままだ」

「……こう？」

和代が両手を前に放り出すようにしたので、画面のなかの麻輝とほぼ同じ形になった。

「そうだ。そういう格好だ」

「ねえ……佐伯がしていることとまったく同じことをしてくれない？」

「わかった」

やはり、和代はいまだに佐伯を心のどこかで愛しているのではないだろうか？

（まあ、それでもいい。夫婦なんて、そんなものだ。たとえセックスレスでも、相手を嫌いなわけじゃない）

芳郎はパソコンの画面に見入った。

そして、佐伯の真似をする。

佐伯が前に屈んで、麻輝の乳房を揉みしだきはじめた。それを見て、芳郎も体を前に倒し、両側から乳房を揉みしだく。

それから、乳首をいじる。しこり勃っている乳首を指腹で転がしながら、時々きゅーっと引っ張る。

「ぁああ……佐伯はこうしているのね？」

「ああ、麻輝の乳首を引っ張って、捏ねている。こんなふうに」

伸びた乳首を圧迫しながら捏ねると、

「ああ、それ……！　気持ちいいの。おかしくなる。わたし、おかしくなっちゃう」

和代は喜悦の声をあげて、自分から腰を前後に揺する。

「いつもこうやって、佐伯に責められていたんだね？」

「昔はね」

「だけど、今佐伯の相手は麻輝だ。きみじゃない。それでいいのかい？」

頭に浮かんだ疑問をぶつけた。

「苦しいわよ。嫉妬で狂い死にしそうよ。でも、これはわたしも認めたことなの。だから、耐えられる。それに……」

「それに？」

「わたしには、今、あなたがいる。芳郎さんがいる」

和代の言葉がうれしい。

そして、和代はこの倒錯的な行為をしながら、昂揚している。それは芳郎も同じである。

自分を陥れた憎きライバルが他の女とするのを見ながら、彼の愛妻と交わっている。しかも、佐伯は盗撮されていることも、自分の妻が隣室でかつてのライバルに抱かれていることも、気づいていないのだ。

その優越感が、芳郎をいっそういい気持ちにさせる。

画面では、佐伯が腰をつかいながら、尻を叩いている。

「彼と同じことをするぞ。いいね？」

「はい……同じことをして」

芳郎は上体を立てて、激しく腰をつかった。屹立が尻たぶの奥を突いて、

「あん、あん、あんっ……」

和代は気持ち良さそうに喘ぎをスタッカートさせる。

それから、芳郎は右手を振りあげた。狙いをつけて振りおろすと、乾いた打《ちょう》擲《ちゃく》音がして、

「痛っ……！」

まさか叩かれるとは想像していなかったのだろう、和代がびっくりしたのか、大きな声をあげる。

「ウソ……あの人、こんなことをしているの？」

「ああ、してるよ。耳を澄ましてごらん。ピチャッ、ピチャッと音が聞こえるだ

ろう？」

和代が静かに耳を傾けて、

「ああ、確かに聞こえる。信じられない。あの人、女をぶったりするのね」

「初めて？」

「わたしにはしたことないわ」

「そうか……きみを大切にしてるんだよ。そうら、イクよ」

芳郎は画面を見ながら、連続してスパンキングをした。

乾いた音が立って、「あっ……あっ……」と和代は嬌声を張りあげ、びくん、びくんと撥ねる。

白くむっちりとした尻が見る間に赤く染まって、ピンクが薔薇色に変わった。

芳郎は熱くなった箇所を今度は一転してやさしく撫でまわす。するとそれが気持ちいいのか、

「ぁああ、それ、いい。いいの……ああん、熱い……ねえ、ねえ……」

和代が尻を左右に振った。

「どうしてほしいの？」

「ああ、突いて。思い切り突いて。子宮まで突いて、ズンッて」

「子宮まで突いてやる」

芳郎は腰をつかみ寄せて、反動をつけた一撃を叩き込んだ。

屹立が奥まで届いて、パチンッと音が撥ね、下を向いた乳房が波打って、

「ぁあああ……！」

和代は感極まったような声を洩らしながら、こちらに向かっている尻をぶるぶると痙攣させる。

ふと思って、芳郎は言った。

「目隠しを取ってみようか？　そのほうが、二人の様子を見られるだろう？」

「……わかったわ。さっきから気になっているの。目隠しを外してください」

芳郎は前に屈んで、腰紐の結び目を解き、一気に外す。

「眩しい……」

和代はしばらく目を瞬かせていたが、やがて、パソコンの画面を食い入るように見つめた。

佐伯が麻輝の腰をつかみ寄せて、猛烈に腰を打ち据えている映像がクリアに流れている。

「ああ、いやだ……あんなに必死に……芳郎さん、負けないで。主人に負けない

で、わたしを突いてください」

「わかった。任せておけ」

芳郎は画面を見ながら、腰をいっそう強く叩きつける。くいっ、くいっとしゃくるように腰をつかうと、屹立が肉路を奥まで突き刺して、

「ぁああ、これ……すごい、すごい……貫かれてる。響いてくる。ズンズン響いてくる。ぁああ、お臍まで届いてる……あ、あん、あん……」

喘ぎながらも、和代はじっと画面のなかの二人の行為を見ている。

きっと、佐伯に貫かれているような気になっているのだろう。あるいは、倒錯した嫉妬を昂奮に変えているのかもしれない。

と、画面のなかで、佐伯が体位を変えた。

結合したまま後ろに寝たので、麻輝が背中を向けた騎乗位で佐伯にまたがる形になった。

そして、麻輝は両手を前手でくくられ、目隠しされたまま、何かにとり憑かれたように腰を前後左右に揺すった。

「こっちもあれをしよう」

芳郎が後ろに倒れると、和代は背中を見せた格好での騎乗位を取り、それから、

激しく腰を振った。モニターのなかの夫と不倫相手を見つめながら、

「ぁああ、ぁあああ……止まらない。止まらないのよぉ」

腰から下をぶんぶん振るので、雄大な尻がこちらに向かって突き出され、その狭間に肉柱が嵌まり込んでいるのがまともに見える。

芳郎には画面はもう見えなくなった。

こうなったら、自分で創意工夫をするしかない。

和代に蹲踞《そんきょ》の姿勢を取らせて、芳郎は下から米搗《つ》きバッタのように腰を撥ねあげてやる。トーテムポールのようにそそりたつ肉柱がずりゅっ、ずりゅっと狭いとば口を擦りあげ、姿を消して、

「ああっ……ああっ……あああっ……」

和代は蹲踞の姿勢で裸身を撥ねさせる。

「こっちを向いて」

言うと、和代は結合したまま、肉柱を軸に百八十度回転した。

芳郎は腹筋運動の要領で上体を起こすと、乳房にしゃぶりついた。

たわわで汗ばんだ乳肉を感じながら、尖りきっている乳首を吸い、舐める。

「ぁああ、いいの……芳郎さん、イッちゃいそう」

和代が訴えてくる。

「イキたいんだね？」

「はい……イキたいの。イカせて」

芳郎は和代の背中に手を添えて、慎重に後ろに倒していく。それから、自分も膝を抜いて、上体を立てる。

膝裏をぐいとつかんで、開きながら押しあげて、ゆったりと腰をつかう。

正面に、ベッドの枕元に置かれたパソコンの画面が見える。

隣室でも、佐伯が正面から猛烈に打ち込んでいるところだった。

『あっ、あんっ、あんっ……佐伯部長、すごく強い。麻輝、イッちゃう。いいの、イッていい？』

『イクのに承諾を得る必要なんかないさ。存分にイケばいい』

佐伯の落ち着いた声が、モニターから聞こえる。

「こんなことを言ってるぞ。きみの亭主は」

「……ああ、ちょうだい。わたしも、イキそうなの」

和代が泣き顔でせがんでくる。

「イケばいいさ。どんどんイクんだ。何度だってイケる」

芳郎は両膝の裏に手を添えて、ぐいと押しながら、屹立を突き刺していく。

膣が少し上を向いているので、上反りした肉柱の頭部がずりゅっ、ずりゅっと膣の天井、すなわちGスポットをしこたま擦りあげている。

「あっ……あっ……くうぅぅ、やぁあああ」

和代は両手を頭上にあげて、腋の下をさらした格好で、顔をいっぱいにのけぞらせる。

打ち込むたびに、白足袋に包まれた足がぎゅうと内側にたわめられる。めくれあがった赤い腰巻をひどく卑猥に感じる。

『あん、あんん、あんっ……』

パソコンから麻輝の華々しい喘ぎ声が洩れてきた。すると、和代は絶対に負けないとばかりに「あん、ぁあん、あんっ」と甲高い喘ぎを響かせる。

喘ぎ声の競演を耳にしながら、芳郎もすでに極限まで高まっていた。

やはり、この倒錯的な状況の成せる業なのだろう。

ディスプレイでは、何も知らない佐伯が満足げに腰を振っている。

だが、佐伯。これでもうお前は我々の言いなりになるしかないのだ——。

そして、今、俺はお前の女房を寝取っている——。

芳郎はまさに溜飲をさげる思いで、ラストスパートした。

膝裏を鷲づかみにして、思い切り叩き込むと、膣の上部を亀頭部が擦りあげて、それが奥のほうにまですべり込んで、

「ぁあああ……それ……イク、イク、イッちゃう！」

和代が両手を頭上にあげた姿勢で、目を見開いて、潤みきった瞳を向けてくる。

その今にも泣きだしそうな哀切な表情が、さしせまった目の光が、芳郎を一気に頂上へと連れていく。

「ぁああ、和代……イクぞ。出すぞ。出す、出す、出す……」

「ああ、ちょうだい。和代にちょうだい……ぁああん、そこ……そのまま……そのまま……イク、イキます……やぁあああああぁぁぁぁぁぁぁ……くっ！」

和代が昇りつめたその直後に、芳郎もしぶかせていた。

奥まで打ち込んだ瞬間に放つという、最高のタイミングの射精だった。

すべてを打ち尽くして、芳郎はがっくりとなり、和代に覆いかぶさっていく。

和代はまだ絶頂の余韻がおさまらないのか、時々、びくびくっと身体を痙攣させながらも、芳郎の背中に手をまわしている。

パソコン画面にも静寂が訪れて、佐伯も麻輝も微塵も動かない。

第六章　最後の罰を課長に

1

その夜、芳郎は佐伯義男と二人で、料亭の個室にいた。

二人の前の座卓には、会席料理が並んでいる。

「何だよ、急に呼び出したりして？　会社を辞めたお前が、俺に何の用があるんだ？」

スーツを脱いだ佐伯が眉をひそめる。

ロマンスグレイの髪が精悍な顔に、上品さを加えている。芳郎は五十歳を過ぎてから、佐伯の前に出ると、自分の容姿や仕事の能力に引け目を感じるようになった。

だが、今は強気に出ないといけない。

「相変わらず不遜なやつだな。こっちでわざわざ席を設けたんだ。それに、二人は同期なんだからな。もう少し、謙虚な物言いをしたらどうだ?」

「会社を辞めたお前に、俺が気をつかう必要はないだろ?」

「それが、そうでもないんだ。ちょっと待ってろ」

芳郎はバッグから薄型軽量ノートパソコンを取り出して、起動し、映像を再生する。佐伯と麻輝の情事真っ最中の動画である。

「これを見ろ」

芳郎はディスプレイを佐伯に向けた。

場所を考えて音声は抑えてあるが、今、佐伯は、手を縛った麻輝を後ろから犯している自分の映像を目の当たりにしているはずだ。

じっと表情をうかがっていると、佐伯の顔色が見る見る変わった。

口をぽかんと開いて、眉間に深い縦皺を刻んでいたが、それがいつ撮られたのか理解したのだろう。ハッとしたような顔で、芳郎を見た。

「ふふっ、どうだ? 身に覚えがあるだろう?」

芳郎はにやっと笑う。

「どうやって撮ったんだ？　そうか。あのとき、盗撮していたな。ということは……そうか、南田麻輝か……俺は彼女に嵌められたんだな？」

佐伯が一気呵成に言う。

「相変わらず、頭の回転は速いな。だが、嵌められたかどうかはこの際、問題じゃない。お前は妻帯者でありながら、社内のＯＬを縛って犯した。その事実だけが問題なんだ。この不倫映像を社内のパソコンに流そうか？　きみの奥さまに届けてもいい。どうする？」

「どうするもくそもない。困るよ、それは……で、要求は何だ？　これの代わりに俺に何かを要求したいんだろ？　何だよ？」

この頭の良さに自分は勝てなかったんだな、と思いつつも、ここは居丈高に出る。

「簡単なことだよ。お前は石神冴子と不倫している。石神冴子と別れろ。そして、彼女への優遇措置をいっさいやめろ。もちろん、このことで南田麻輝を責めることもやめろ」

「ふうん、意外だったな。そんなことか」

「石神冴子は社内にいろいろと毒を振りまいている。彼女のおかげで、苦しんでいる社員が数知れずいる。あの女がパワハラできるのは、お前の後ろ楯があるからだ。虎の威がなくなれば、あの女はただのヒステリックな課長だ」

言うと、佐伯が頭をひねった。

「お前はそんなくだらないことのために、こんな大がかりなことをしたのか？」

「くだらないことじゃない。俺のところにも元の部下から、彼女への苦情が殺到している。だから、くだらないことじゃない」

「……ひょっとして、和代も噛んでいるのか？　和代が俺の不倫に気づいて、冴子を？」

佐伯の洞察力に驚いた。だが、和代が関係していることを絶対に悟られてはいけない。

「それは違う。和代さんとは関係ない」

「ほんとうか？」

「ああ……だいたい、和代さんが南田麻輝とお前のセックスを許すわけがないだろ？」

「まあ、確かにな……」

佐伯が苦笑いをして、つづけた。

「わかった。冴子との関係を切れば、その映像は渡してくれるんだな？」

「ああ、約束する。だけど、ただ別れるだけじゃ、ダメだ。彼女への優遇措置はいっさいやめろ。何か言ってきても、突き放せ。それと、彼女に、セクハラやパワハラをやめるようにお前から強く言ってくれないか？　社員から数件苦情がきているから、このままつづくようだったら、課長の座も危うくなるって。頼むよ」

「わかった。やるよ。だから、この映像、絶対に流出させないでくれ」

「約束する。それと、老婆心だとは思うが、冴子と別れるときは気をつけろよ。牙を剝いてくるぞ」

「ははっ、わかってるよ。女の扱い方に関しては、俺のほうがずっと上だ。まあ、ビジネスに関しても、だけどな……わかったから、その映像、そろそろ勘弁してくれよ」

「その前に……俺に向かって、謝れ」

「何をだ？」

「いいから、とにかく謝れ。謝罪しないと、この映像を流出させるぞ」

「お前、言ってることがメチャクチャだぞ。まあ、いい……謝れば、いいんだな？」

「ああ……土下座しろ」

「土下座？」

「ああ、両手を突いて、謝れ」

佐伯は苦笑していたが、やがて、座布団を降り、後ろにさがって、両手を突いた。

「いろいろと悪かった。仕事のことも、和代のことも、謝るよ。許してくれ」

額を畳に擦りつける。

（とうとう、こいつに謝らせることができた）

その女房とたった二度寝たくらいではおさまらなかった佐伯への憤りが、土下座姿を見て、見事なまでに消えていった。

「いいよ、わかった。許す」

佐伯が頭をあげるのを見て、芳郎は映像を止めて、パソコンを閉じる。

「話はそれだけだ。あとはお前ひとりで呑み食いしてくれ。ここの料金は俺が払うから。じゃあ、俺は帰る」

芳郎が席を立ったところで、佐伯が声をかけてきた。

「お前、会社を辞めて、急に元気になったな。今回の件だって、普通はしないだろう。何がお前をそうさせているんだ?」

原因はたぶん、自分を粗末に扱った冴子への怒りと、和代や逢子への『愛のようなもの』だ。かわいい元部下と、かつての女のために一肌脱ぐことが、今は自分の生き甲斐でもあった。

だが、それは口にできない。

「そうだな……暇だからじゃないか?」

煙に巻いて、芳郎は部屋を出た。

2

しばらくして、佐伯から、冴子とは完全に縁を切り、彼女へのいっさいの支援をやめたから、映像のデータを渡してくれという連絡を受けた。

麻輝に事情を聞いところ、

『ほんとうらしいわ。石神冴子は今ではすっかり意気消沈してるわよ。わたしの課長昇進に文句を言わなくなったしね』

という答えが返ってきたので、佐伯にあのデータを宅配便で送ってやった。

だが、まだすべてが解決したわけではなかった。

ひとつだけ、いっそう事態が悪化したことがあった。それは、逢子などの部下へのいじめだった。

逢子から聞いた話では、自暴自棄になった冴子が腹立ち紛れに、逢子や他の気の弱い若い部下を、秘密裏にいじめているらしいのだ。

要するに、弱い者いじめというやつだ。

ここはどうにかして、逢子や立場の弱い女性社員を護らないといけない。

(どうにかしないとな……)

頭を悩ませた結果、芳郎はもう一度、冴子と一戦を交えることにした。

早期退職における女性社員デリヘルの特典は、五人までだった。

その最後のひとりとして、芳郎は再度、冴子を指名したのである。

冴子に断られたら、それまでだ。しかし、冴子の置かれている針の筵状態を考えたとき、彼女は上の気分を損ねたくないだろうし、会社のために自己犠牲になる自分をアピールしたいから、断らないのではないか、という気がしていた。

案の定、冴子は乗ってきた。

当日の朝、芳郎は駅のプラットホームに並んでいる石神冴子のすぐ後ろにぴたりと張りついていた。

ひとりではない。大竹啓太郎《おおたけけいたろう》と一緒だった。

じつは、大竹は冴子に逆セクハラされていた二十五歳の若手社員だった。

芳郎ひとりで懲らしめても、冴子はあまりこたえないだろう。だが、自分がセクハラ、パワハラをしていた男性社員が加わったら、これ以上の屈辱はないだろう。

大竹に持ちかけたところ、絶対にやります、と身を乗り出してきた。その目の輝きを見て、いかに大竹が冴子を憎み、雪辱に燃えているのかがわかった。

そして今朝、芳郎と大竹は、いつも冴子が通勤電車に乗るその駅のプラットホームに立っていた。

大竹がまずは冴子を痴漢したいと案を出し、それに、芳郎が乗った形である。

冴子には、痴漢の件と大竹の参加の旨は伝えてあった。冴子は最初、怒ったが、結局は会社の上部に気に入られるために、この屈辱的な提案を呑んだ。

冴子は非常に上昇指向性が強く、出世して、人の上に立ちたいのだ。出世のためなら何だって辞さないという悲しい性を持った女だった。

すぐ前に立つ冴子は、すらりとしたプロポーションを強調したスーツを着て、後ろにスリットの入ったタイトミニを穿き、ハイヒールを履いている。

痴漢されるのをわかっていながら、スリットのあるスカートを穿いてくるその気持ちが、芳郎にはつかめない。

すぐに、私鉄電車が銀色の車体を朝の陽光に鈍く光らせて、ホームにすべり込んできた。

数少ない客が降りて、その何倍もの客が乗り込み、芳郎と大竹は冴子の後を追って、車両に乗り込んだ。

急行はとくにこの時間は混むことで有名だ。

乗客の流れに身を任せながら、芳郎と大竹は上手く冴子を誘導して、反対側のドアの前に立たせ、前後からサンドイッチにした。

芳郎が背後から、大竹が正面から冴子を挟み付ける形だ。

大竹は長身でひょろっとしているので、冴子の頭の上に、眼鏡をかけた神経質そうな顔が突き出ている。

こちら側のドアにしたのには理由がある。この急行はターミナル駅の終着駅に着くまでに二十分かかる。その間、一駅に停まるが、その際、反対側のドアが開くので、こちらのドアはずっと閉じられたままだからだ。

大竹がそう教えてくれた。彼はこの沿線に住んでいたことがあって、細かいことまでよく知っていた。

電車が走り出して、芳郎が尻に手を伸ばしたとき、大竹が動くのが見えた。

縦長に折ったスポーツ新聞で、乗客の視線を遮り、ジャケットの下のブラウスに包まれた胸を鷲づかみにして、やわやわと揉みはじめたではないか。

(焦りすぎだ！)

やめさせようとしたとき、

「ちょっと……！」

冴子が鋭く言って、大竹の手を撥ね除けるのが見えた。

「契約を思い出しなさい。きみは、いやとは言えないはずだよ」

芳郎は後ろから耳元で、そっと言い聞かせる。

「……この男は部外者でしょ！」

冴子が芳郎を振り向いた。

「認めてもらったんだよ。これは上も承知してるんだ。あまり声をあげると、みんなの注目を集めるぞ」

芳郎は耳元で囁く。上司の件はまったくのウソだが、ウソも方便という。

それに、周囲の乗客が三人のことを訝しげに見ている。

さすがにまずいと思ったのか、冴子が押し黙った。

と、何と大竹がブラウスのボタンを外しはじめた。

（こいつ！）

眼鏡の奥の目がぎらぎらしている。おそらく、性的なことになると、周囲が見えなくなってしまうタイプなのだろう。日常は大人しく、気弱だから、その鬱屈したものが出てしまうのかもしれない。

しかし、スポーツ新聞を楯にしているから、乗客の視線は遮られている。

（もしかして、こいつ、痴漢の常習犯か？）

気弱でまじめな男が、痴漢をしてしまうのはよくあるパターンではある。

摘発されないことを祈りながら、芳郎は尻をゆるゆると撫でまわした。

と、大竹がボタンを外して、余裕のできた襟元から手をすべり込ませるのが見えた。そして、パープルの刺しゅう付きブラジャーごと、ふくらみをやわやわと揉みはじめた。

(慣れている。やはり、痴漢は初めてじゃないな)

驚いたが、もしそうなら、発見されないような痴漢術には長けているはずで、逆に安心していいのかもしれない。

冴子もおそらくその大胆すぎるやり方に度肝を抜かれているのだろう、凍りついたように動かない。

芳郎も負けてはいられない。痴漢は若い頃に何度かしたことはあるが、最近は経験がない。

周囲の気配をうかがいながら、おずおずと尻を撫でさすった。

すると、ぱつぱつに張りつめているスカートの布地が尻の丸い表面をすべって、その感触が心地よい。

冴子は反応を示さずに、ドアの窓から外の景色を眺めている。きっと、しかとして、この屈辱的な状態をやりすごそうとしているのだ。

(くそっ、甘いぞ。感じさせてやる)

芳郎は思い切って、後ろのスリットから右手を差し込んだ。パンティストッキングは穿いていないようで、じかに内腿に手が触れた。

びくっとして冴子が腰をよじった。痴漢の魔手から逃れようとしているのだ。

そうはさせじと、足の間に差し込んだ手で太腿の内側を撫でる。

「やめて！」

冴子の低く、刺すような声が聞こえた。太腿をぎゅうとよじりあわせて、必死に腰を逃がそうとしている。

そのとき、「くっ……！」と冴子が顔を撥ねあげた。

見ると、大竹がブラジャーに手を入れて、乳首をいじっているではないか。

こんな大胆なことができる男だとは思っていなかった。芳郎はある意味で、大竹を見直した。

肩越しに、紫色のブラジャーに指が入り込んでいるのを見ながら、芳郎は太腿の内側を撫であげていき、付け根に指を貼りつかせた。

すべすべしたパンティ越しに、女の証がくにゃりと沈み込む感触があって、

「くっ……！」

と、冴子がくぐもった声を洩らした。

芳郎はさらに深く手をすべり込ませて、パンティの基底部を前から後ろにかけて、指でなぞってやる。

それを繰り返すうちに、クロッチ部分が湿ってきた。さするたびに、指に湿り

気がまとわりついてくる。

こちらを向いて立っている女子高生が器用にスマホをいじりながら、時々、こちらをちら見している。

（かまやしない。見たかったら、見ればいい）

芳郎は居直って、パンティのクロッチをひょいと横にずらした。無防備になったそこに指をあてた。

（こんなに濡らして……）

あれほどいやがっていたのに、冴子の陰裂はぬるぬるだった。

考えたら、前回だってそうだった。最初は芳郎を小馬鹿にしたような態度を取っていたのに、途中から感じて、最後は激しく昇りつめた。

この女は、たとえ相手に惚れていなくても、的確に急所を攻められれば性感が高まってしまう。要するに、淫乱なのだ。

（淫乱女は、こうしてやる……！）

芳郎は中指を立てて、濡れ溝に押し込んだ。すると、中指は狭い肉路をこじ開けていき、

「くっ……！」

冴子が顔を撥ねあげて、腰を逃がそうとする。

前後左右にくねる尻を追って、中指でたん、たん、たんと膣壁を叩くと、冴子の動きが止まった。顔を伏せて、

「やめて……！」

ふたたび小声で訴えてくる。

「きみは従うしかないんだよ」

芳郎は言い聞かせて、ミドルレングスのさらさらの髪に顔を押しつけ、さらに、中指で膣肉を攪拌した。

ぐっと差し込んで、奥のほうを指先で叩く。

少し抜いて、浅瀬を押しながら擦る。

また、奥まで突っ込んで、今度はピストン運動をする。そぼ濡れた肉路がきゅ、きゅっと締まりながらからみついてきて、

「うっ……うっ……」

冴子は完全に頭を垂れて、必死に声を押し殺している。

やがて、腰が指の動きにつれて、前後に揺れはじめた。ぐっと後ろに突き出して、もっととばかりにせがんでくる。

ならばと、芳郎はもう一本指を加えた。

人差し指と中指を開いてV字にして、膣の両側面を擦ってやる。すると、とろとろの粘膜がうごめき、温かい蜜がしたたってきた。

そのとき、芳郎の右手に何かが触れた。

どうやら、大竹の指らしかった。

二人は向かい合う形で立っている。

大竹は照れたように目を伏せた。

それから、大竹の指が亀裂の前のほう、即ちクリトリスのあたりを大胆に触りはじめた。

二人がかりで、陰核をタッチされつつ、肉路を指で抜き差しされたら、どんな女だって正気ではいられなくなるだろう。

冴子も、あれほど馬鹿にしていた大竹の胸板に顔を埋め、

「んっ……んっ……」

声を必死に封じながらも、腰を微妙に前後に打ち振っている。

と、大竹が何やらごそごそしはじめた。どうやら、ズボンのファスナーをおろして、そこに冴子の手を引き寄せているようだ。

やがて、冴子の右手が前後に揺れはじめた。

上から見ると、剝き出しの肉柱を冴子が指で握りしごいている光景が、目に飛び込んできた。

そして、大竹はうっとりと目を細めている。

（大胆なやつ……）

気がやさしすぎて、冴子の標的になっていた小心者が、豹変した。車内で、女課長の陰核を攻めながら、分身をしごかせているのだ。

と、そのとき、電車がスピードを落として、駅で停まった。

降りる客は少なく、また乗客が大量に乗り込んできたから、ますます三人はドアに押しつけられる。

電車が動きだして、二人は痴漢を再開する。

（よし、俺もやらせてみるか）

芳郎は周囲をうかがってから、ズボンのファスナーをおろして、冴子の空いているほうの手を導いた。

一瞬、ハッとした冴子だったが、もうここまで来れば、理性も跡形もなく消えてしまっているのだろう。

冴子は血管を浮かばせた肉柱を後ろ手に握って、ゆるゆるとしごいてくる。

芳郎はこの状況に、満足だった。

あの石神冴子が電車のなかで、膣を二人がかりで攻められながら、前と後ろの男の勃起をしごいている。

(どうだ、思い知ったか!)

勝ち誇ったとき、膣に挿入した指に何かが触れた。ただでさえ窮屈な場所に、何かが無理やり押し入ってきたのだ。

(んっ……! 大竹の指か?)

見ると、大竹がにっと笑った。大竹のこんな悪い顔を見るのは初めてだった。

大竹のおそらく中指が、膣の前のほうを擦りはじめた。ならばと、芳郎は二本指で後ろの壁をさすってやる。

つづけるうちに、冴子の気配が変わった。

「んっ……んっ……」

と、低く呻き、いやいやをするように首を振る。

何しろ、狭い膣のなかに三本の指が押し入っているのだ。しかも、それが別々の動きで攻めてくるのだから、たまったものではないだろう。

芳郎の手にも、あふれた蜜がとろとろしたたって、溜まってきた。

冴子の身体ががくん、がくんと大きく揺れはじめる。

そろそろ気を遣るのかもしれない。

芳郎は大竹と顔を見合わせて、こくんとうなずいた。気を遣らせようとの合図だった。

大竹が紫色のブラジャー越しに乳房を荒々しく揉みしだきながら、下腹部に伸ばした手指で、膣の前のほうを激しく擦っている。

芳郎も負けじと、膣の後ろのほうを押しながら擦り、さらには抜き差しを加える。

妙な感じだ。女の体内で、二人の男の指がぶつかっている。

冴子の肉棹を擦る指が止まっていた。

「しごきなさい……やるんだ！」

後ろから耳元で強く言い聞かせると、また、指が動きだした。冴子はサンドイッチにされながらも、前と後ろの男の勃起を湧きあがる愉悦をぶつけるように、激しくしごいてくる。

それに合わせて、芳郎も大竹も膣を指でうがつ。どろどろに蕩けた膣がぬるぬるとからみついてくる。

「あっ……あっ……あっ……」

冴子の押し殺した喘ぎ声が断続的にこぼれる。さっきまで顔を伏せていたのに、今は顎をせりあげている。昇りつめようとしているのだ。

「イッていいんだぞ」

耳元でそそのかして、ぐいと膣肉を奥までえぐったとき、

「くっ……！」

冴子が顔をのけぞらした。

その状態で、びくん、びくんと震えている。

気を遣ったのだろう。膣が細かく震えながら、指を締めつけてくる。

芳郎と大竹は顔を見合わせて、指を膣から抜いた。途端に、冴子は操り人形の糸が切れたように、へなへなっと電車の床に崩れ落ちた。

3

終点のターミナル駅で降りて、二人は冴子とともに駅を出て、近くのラブホテ

ルに向かった。

「もう充分愉しんだでしょ！　会社に遅れちゃうじゃないのよ」

冴子がきっとにらみつけてくる。

「さっき、痴漢されて、派手にイッたのは、誰だった？」

指摘すると、冴子が押し黙った。

「平気だよ。きみと大竹くんは午前中、会社には行かなくてもいいことになっている。話はついているから、安心しろ」

言い聞かせて、芳郎は冴子を引き立てていく。

冴子は内股でよちよち歩きだった。なぜなら、膣には先日、麻輝に使ったラジコンバイブがおさまっているのだ。

さっきエクスタシーに達した後で、冴子を立たせて、その股間に例の砲弾形バイブを押し込んであった。

「気が乗らないみたいだな。じゃあ、これで愉しんでくれ」

芳郎はポケットに潜ませたコントローラーのスイッチを入れた。途端に、冴子が顔をしかめる。下腹部のなかで、砲弾形バイブが細かく振動しているのだ。

三人は十分ほどでラブホテル街に着いた。

朝のラブホテル街はどこか白々しい。やはり、ラブホテルは夜に見たほうがいい。そのうちの一軒に入り、エントランスで部屋を選び、受付でキーを受け取って狭いエレベーターに乗る。

五階の部屋に入っていくと、そこは壁と天井にミラーの貼られた、これぞラブホテルという雰囲気で、バスルームもガラス張りである。

「お願い……シャワーを使わせて」

冴子が哀願してくる。

「大竹くん、どうする？」

「ダメですよ。せっかくのマン汁が流されてしまいます」

そう言って、大竹がずりさがった眼鏡を指であげた。

「そうらしいぞ。シャワーはお預けだな」

「大竹、そんなんだから、女にもてないのよ」

冴子が大竹をひと刺しする。

「べつに、もてなくたって、いいですよ」

大竹があたふたと居直る。

「ふんっ、ひとりじゃできないから、尻馬に乗っかってるだけじゃないの。どうせなら単独で挑んできなさいよ。だからいつも言ってるのよ。男らしくしなさいって」

冴子が畳みかける。

これだけ聞くと、冴子のほうが正論のような気もする。

「彼女の言ってることは、わかるような気もするよ。そうだな。最初は大竹くんひとりでしなさい。俺は見てるから」

提案すると、大竹がエッという顔をして、不安な表情を浮かべた。

「ほら……これをやるよ」

リモコンを手渡すと、大竹は少し落ち着いたようだった。冴子を見て言う。

「課長、ソファに座ってください。あっ、下着を脱いでからですよ」

「いやよ。誰があんたなんかに……」

「きみは大竹くんに逆らえない。話がついているんだから。上にこの経緯を報告しようか」

「……わかったわよ」

冴子は不服そうに口を尖らせながらも、ジャケットを脱ぎ、ミニスカートに手を入れてパンティを抜き取り、足先から抜き取った。

それから、ソファに腰をおろし、足を大胆にひろげて、

「これで、いいでしょ？」

あらぬほうを向いた。

「そう、そのままですよ」

大竹は冴子の前にしゃがんで、リモコンのスイッチを操作して、バイブの強弱をつける。すると、鈍角にひろげられた太腿の奥から、ヴィーン、ヴィーンと振動音が洩れて、

「んっ……ぁああ、やめて……」

冴子は右手の甲を口にあてて、右に左に顔を振る。

「課長のオマ×コがひくひくしていますよ。さっき、電車のなかで痴漢されて派手にイッたのは誰でした？　課長でしょ？　知ってるんですよ。課長がじつは淫乱で、いつもオマ×コをうずうずさせてることは。課長、気づいてないでしょ？」

「……何をよ？」

「課長、発情すると、オマ×コの匂いがするんですよ。だから、課長がしたがっているときはすぐにわかる。生牡蠣みたいな匂いがむんむんとただよってくる」

「馬鹿なことは言わないで。ウソでしょ？」

「ウソじゃありませんよ。課長、発情すると、佐伯部長に抱かれてたでしょ？」

「……違うわ。失礼なこと、言わないで」

「だって、みんなの噂ですよ。でも、最近、振られたみたいですね。それで、その腹いせに僕や女の子たちをいじめてるんでしょ？」

「……出鱈目だわ。馬鹿じゃないの！」

「事実なんだよ！」

大竹がいきなり切れた。

「馬鹿にしやがって。お前なんかこうしてやる」

大竹は冴子の両膝の裏をつかんでぐいとひろげ、いっそうあらわになった恥肉にしゃぶりついた。

あむあむと裂唇にむしゃぶりつき、ジュルルっと音を立てて吸いあげる。

「ああ、やめなさい……くっ……あっ……やめて……お願い……」

冴子の口調が徐々に弱々しく変わり、ついには、

「ぁああ、あうぅぅ……いいのよ。もっと」

大竹の後頭部をつかんで引き寄せながら、自分から股間をぐいぐいと擦りつけ

る。

(クールビューティを気取っているが、所詮、この女は淫乱なんだ。どんな形であれ、セックスできればいいんだ)

芳郎は急いで、服と下着を脱ぐ。と、イチモツが信じられない勢いでいきりたっていた。ソファにあがり、冴子の膝をまたいだ。

「しゃぶりなさい」

鋭角にそそりたったものを口許に押しつけると、冴子がいやっとばかりに顔をそむけた。

顔を正面に戻させ、唇に亀頭部を擦りつけた。

男性社員の憧れの的である魅惑の唇。そのいつもぷるぷると濡れ光っている唇を押しひろげていくと、白い歯列がほどけた。

いったん口に打ち込んでしまうと、冴子は一転して、積極的に頬張ってきた。顔を前後させて、屹立をその柔らかな魅惑の唇で擦ってくる。

(ああ、これだった!)

この前もそう思ったが、冴子は全身が性感帯で、性技も巧みだった。

佐伯がこの女をかわいがっていた理由がわかった気がする。

きりっとした美人で、頭も切れるし、そのうえ床上手と三拍子揃っている。これで、くだらない虚栄心を捨てれば、きっと最高の女になるだろうに。

芳郎の腰をつかんで、ジュブッ、ジュブッと顔を打ち振っていた冴子が、動きを止めて、「くうぅぅ」と呻いた。

ハッとして見ると、大竹が砲弾形バイブを抜き差ししていた。

ヴィーッ、ヴィーッと振動するバイブをつかんで、膣口に打ち込んでいた。

ついには、取り出したバイブの先でクリトリスを攻めはじめた。砲弾のように先の尖った箇所が、陰核らしいところに刺激を与えている。

冴子の様子が完全に変わった。

もう唇をすべらせることもできずに、ただただ肉棹を頬張ったまま、

「ぐっ……ぐっ……」

と喉を詰まらせ、すっきりした眉をぎゅうとハの字に折り曲げる。

「ぁあああ、ぁあああ、ダメっ……それ、ダメっ……イッちゃう。イッちゃう」

芳郎の肉茎を吐き出して、さかんに腰をくねらせる。

開いた足を真っ直ぐに伸ばして、ソファの背に凭《もた》れかかり、「あっ、あっ」と痙攣する。だが、芳郎の勃起だけはしっかりと握っている。

「咥えなさい。フェラしたまま、イクんだ」

そう命じて、芳郎は屹立を口に押し込んだ。ぐふっ、ぐふっと噎せながらも、冴子は猛りたつ怒張に〇の字にした唇をからませている。

芳郎はイラマチオの形で、腰を振った。

ずりゅっ、ずりゅっとおぞましい屹立が、魅惑の唇を犯し、泡のようになった唾液がすくいだされる。

そして、大竹もさかんにバイブを抜き差ししている。

冴子は咥えたまま、芳郎を見あげてくる。

ミドルレングスのさらさらヘアが散って、ととのったクールな顔が今は困惑を通り越して、泣き出さんばかりになっている。

芳郎がぐいと喉奥に切っ先を押し込んだとき、

「うぐっ……！」

冴子はえずきながらも、がくん、がくんと肢体を躍らせ、それから、肉棹を吐き出して、どっと横に倒れ込んだ。

4

「うおぉぉ！」

キングサイズのベッドで、四つん這いになった全裸の冴子を、大竹が吼えながらワンワンスタイルで犯している。大竹のイチモツはそれなりに大きい。

そして、両手でシーツを鷲づかみにした冴子は、太棹で突かれるたびに美乳をぶるぶると揺らして、

「あんっ、あんっ、あんっ、あんっ……」

と、喘ぎ声をスタッカートさせる。

その様子を見ていた芳郎は、自分のスマートフォンを取り出して、カメラのアイコンをタップする。

カメラ機能に切り替わって、液晶画面に二人の姿が映し出された。

冴子の顔が鮮明に映る位置に立って、レンズを向ける。

画像を見ながら写真のスイッチをタップすると、カシャッと音がして、シャッター音に気づいたのだろう、冴子がハッとして芳郎のほうを見た。

そこで、すかさずもう一度シャッターを切ると、

「いやあ、やめてぇ！」

冴子があわてて顔を手で隠した。

だが、時すでに遅しだ。芳郎は今撮った写真を再生した。

ベッドで四つん這いになった冴子を、大竹が後ろからワンワンスタイルで犯している光景がスマホの画面に鮮明に浮かびあがっている。

「よく撮れている。きみが大竹くんにバックから犯されて、悶えている姿が、はっきりと映っている。ほら」

芳郎はスマートフォンの再生画面を、冴子の顔の前に持っていく。

そのおぞましい画像に目をやって、冴子は首を激しく左右に振り、

「消して。お願い、消してよ」

眉間に縦皺を刻んで、哀願してくる。

「今はまだダメだ。きみが心を入れ換えて、部下へのパワハラをやめたことがはっきりしたら、これは消してあげる。それまでは、ダメだ」

「……わたしを脅してるの？」

「そう取ってもらってもいい」

「卑怯よ。卑劣だわ」

「ふふっ、その格好で言うような言葉じゃないね」

冴子が腰をねじって、肉棹を弾き出そうとする。だが、大竹はがっちりと腰をつかんでいて、放さない。

「やめて……外しなさい。これは、命令よ」

「やめません。ここは会社じゃありません。僕は出すまで、絶対に抜きません」

「この、ヘンタイが。キモイのよ、あんたは」

「キモクて、けっこう」

大竹はきっぱり言い、ぐいぐいと腰を振って、怒張を叩き込む。

「くうぅ、やめて……やめなさい」

冴子が必死に腰を逃がそうとする姿を、芳郎はもう一度シャッターボタンを押して、写真を撮った。

「これで、計三枚だ。きみが約束をしないのなら、もっと撮ってもいいんだよ。会社の連中のスマホに送りつけてやろうか？」

「やめて……それだけは、やめて……」

「だったら、誓いなさい。部下にやさしく接することを。きみは出世欲が強いようだが、部下につらくあたって、いいことは何もない。部下に慕われるようになりなさい。そのほうが、かえって出世できるんじゃないか？」

「……」

「この写真は、きみが改心したとわかったときにちゃんと消してあげる。それまで、これが流出することもない。だが、もしきみがまた部下をいじめるようなら、そのときは……」

「わかったわ。わかりました。そうします。誓うわ。だから、その写真は絶対に流出させないで」

「わかれば、よろしい……それと、もうひとつ」

「何？」

冴子が不安そうに、芳郎を見た。

「このセックスは最後まできちんとしなさい。そして、俺と大竹くんをきっちり満足させなさい。そうしたら、我々はもうきみにつきまとうこともないし、きみを失脚させるようなこともしない。もちろん、契約は守ってもらうよ。きみは二人の言いつけにそむくことはできない。いいね？」

「……わかったわ。わかったから、さっさと済ませてちょうだい」

冴子が憎まれ口を叩く。

「相変わらず、気が強い。もっとも、そのツンデレがきみの魅力なんだろうけど」

芳郎はスマートフォンをしまい、冴子の前に両膝立ちになって、いきりたつものを口許に突きつけた。

すると、何をすべきかわかったのだろう、冴子がそっと舌を這わせてくる。

裏筋を舐めあげながら、恨めしそうな顔で芳郎を見あげていたが、大竹に後ろから強く突かれて、

「ぁあああん……あんっ、あんっ、あんっ、あんっ……」

抑えきれない声を放って、うつむいた。

「しゃぶって」

言うと、冴子は顔をあげて、いきりたつものを頬張った。血管の浮き出た表面に唇をすべらせ、途中まで咥え込む。

大竹にまた激しく後ろから腰を打ちつけられて、

「んっ、んっ、んっ……」

冴子はくぐもった声を洩らしながら、怒張を頬張りつづける。

大竹が動きを止めると、冴子は自分から顔を打ち振って、芳郎の肉柱に唇をすべらせる。

とても、いやいややっているようには見えなかった。

冴子は反発しながらも、身体の奥のほうで燃え立つものを抑えられないのだと感じた。そして、大竹がまた打ち込みを再開した。

唸りながら腰を打ち据えていたが、ついに、我慢できなくなったのか、

「ぁああ、気持ち良すぎる。出ちゃうよ、出ちゃう」

眼鏡の曇った顔をのけぞらせる。

だが、このとき、芳郎には思い描いていたことがあった。これが、会社との契約の最後になるのだ。これが終わったら、自分はもてない中年に逆戻りするだろう。そうなる前に、是非とも実現させたい男の夢があった。

「大竹くん、出すな。我慢しろ」

言い聞かせて、大竹を部屋の隅に呼んで、男の夢を話した。

「できるんですか?」

「ああ、たぶんな」

「僕は前のほうでいいんですか?」

「いいぞ」

大きくうなずいて、大竹はベッドに大の字になって、冴子に騎乗位で挿入するように言う。

冴子もすでにイキたくてしょうがないという上気した顔で、大竹の腹にまたがった。痩身に似合わず長大な肉柱をつかんで招き入れて、

「ぁあぁ……」

と、上体をのけぞらせる。

それから、もう一刻も待てないとでもいうように、自分から腰を振って、

「ぁあぁ、あたってる。きみのがあたってる。ああ、止まらない」

貪欲に腰を前後に打ち振る。

芳郎はその背後にまわって、大竹に目配せする。すると、大竹が言われたとおりに、冴子の上体を前に屈ませて、がっちりと抱え込む。

そして、下から腰を撥ねあげると、

「あんっ、あんっ、あんっ……いいのよ。すごく、いい……ぁあうぅぅ」

上になった冴子は、ひしと大竹にしがみつく。

この体位を待っていた。

芳郎はベッドのヘッドボードに、コンドームとともに用意してあったローションのパックの封を切り、透明な溶液を冴子の尻の狭間にたらっと落とした。

「あっ……！」

冷たかったのだろう、冴子がびっくりしたように尻を窄めた。

芳郎はぬるぬるのローションをアヌスになすりつけ、残りを自分の勃起に塗った。

幾重もの皺の集まる茶褐色の窄まりをマッサージして、中指を中心に押し込むと、潤滑剤ですべりのよくなったアヌスがぬるっと中指を受け入れて、

「ぁあっ……やっ！」

冴子が悲鳴に近い声を放つ。

だが、アヌスには中指が第二関節まで押し込まれ、そのすぐ下の膣にも大竹のデカマラがみっちりと嵌まり込んでいるのだ。

「やめて……」

と、訴えるものの、冴子の声には力がない。

芳郎は最後に、冴子の膣とアヌスに男のイチモツを同時に埋め込みたかった。長年の男の夢を実現させたかった。そして、冴子をぐうの音も出ないまでに、叩

きのめしたかった。

芳郎はアナルセックスができるようにと、中指で円を描くようにして肛門括約筋を伸ばしていく。アナルセックスは若い頃に何度か経験がある。

「ぁああ、ダメ……そんなことしちゃ、いや……ぁああ、許して。許してください」

あのタカビー女が、ついに許しを請うてきた。

「これは今まできみが犯した罪への、天罰だと思いなさい」

そう言って、芳郎は中指を抜き、入れ違いにいきりたつものの切っ先を後ろの門に押しあてた。

力を込めたが、すべりが良すぎてちゅるっと弾き出されてしまう。上へとすべる亀頭部を押さえつけて、慎重に腰を進めていった。

すると、切っ先が窮屈な入口を押し広げていく確かな感触があって、

「くうぅっ……」

と、冴子が歯を食いしばるのがわかった。

かまわずさらに腰を寄せると、矢印形の亀頭部がやけに温かい内部に押し入る感覚があって、

「やぁあああああ……！」

冴子が甲高い嬌声を噴きこぼし、顔を撥ねあげた。

（おおう、ついに冴子の尻をもらったぞ！）

パニックを起こしたように締めつけてくる入口の圧力。なかのほうでも、扁桃腺のような粘膜のふくらみが硬直を包み込んでくる。

「突きあげますよ」

大竹が下から腰を撥ねあげる。

すると、イチモツがずりゅっ、ずりゅっと膣を擦りあげて、その行き来する圧力が芳郎の分身にも伝わってくるのだ。

「ぁあああ、ダメっ……しないで。動かさないで。お願い、じっとしていて」

冴子が真剣に訴えてくる。

それはそうだろう。膣と直腸は隔壁一枚で繋がっている。前と後ろの孔に両方、ペニスを入れられてはたまったものではないだろう。

「大丈夫だよ。このくらいで裂けることはない」

言い聞かせて、芳郎もゆっくりと腰をつかう。すると、狭隘な入口が肉棹を埋めつけてきて、その圧迫感が心地よい。

いや、それ以上に、本来挿入するはずの箇所とは違うところに、打ち込んでいるという精神的な悦びが大きかった。

ましてや、高慢ちきな女課長の膣とアヌスの二カ所に、二人がかりで同時挿入しているのだから。

芳郎が慎重に抜き差しをすると、冴子はもうどうしていいのかわからないといった様子で呻き、痛切に喘ぐ。

二人の男にサンドイッチにされて、前と後ろを貫かれているのだから、相当の苦しみのはずだ。

いや、それはたんに苦しいだけではないのかもしれない。

現に、冴子の絞りだされるような喘ぎ声に、悦びの色が混ざりはじめた。

「ぁあぁ、ぁあああ……許して……もう、許して……もうしません。しないから、許して……」

そう譫言《うわごと》のように言葉を発していた冴子が、

「ぁあああ、ぁあああああああ、もっと……もっとよ。冴子を壊して。メチャクチャにして！　してよ、してぇ！」

堰が切れたように叫んで、自分から腰をつかいはじめた。

「もっと、もっとよぉ」

理性の箍が外れてしまったのか、自分から腰を後ろに突き出したり、左右に振ったりする。

そのたびに、体内におさまった二つの肉棒がさらに、冴子の体内をうがつ。その狂ったような動きに煽られて、芳郎も大竹も力強く怒張を打ち込んでいく。

(冴子を懲らしめるためにしたのに、これでは逆に悦ばせているようなものだ)

芳郎は女という生き物が一筋縄ではいかないものだと、あらためて思い知らされる。

だが、芳郎も男の夢を叶えさせてもらっているのだから、お互いさまというやつだ。

芳郎は次第に抜き差しのピッチをあげていく。大竹ももう限界を迎えているのだろう。吼えながら、さかんに腰を振りあげている。

そして、二人に挟まれて、冴子は歓喜に満ちた声を放ち、身悶えをしている。

「ぁああ、ぁああ……イクわ。わたし、イクのよ。前と後ろを犯されて、イクのよ……ぁあああ、イク、イク、イッちゃう!」

芳郎も大竹も最後の力を振り絞った。

「おおぅ、出すぞ。出そうだ！」

芳郎が叫ぶと、

「ああ、僕もです。ぁああ、気持ち良すぎる……おおぅ、ぁああああああ、出る！」

大竹も切羽詰まった声をあげる。

そして、大竹がぐいと突きあげたとき、

「イクぅ……やぁあああああああぁぁぁぁぁ、はうっ！」

冴子が甲高い絶頂の声を噴きあげ、そして、ぐんとのけぞった。

汗まみれの肢体が痙攣するのを感じて、駄目押しとばかりに打ち据えたとき、芳郎も信じられないほどのエクスタシーに押しあげられる。

（ああ、尻に出すのが、こんなに気持ちいいとは……）

精液がしぶくたびに、イチモツが蕩けてなくなるような快感が湧きあがる。その戦慄が背筋を貫いて、脳天にまで達する。

気持ち良すぎた。

打ち尽くして、芳郎は腰を引き、すぐ隣にごろんと仰臥する。

冴子も芳郎から降りて、ベッドに横たわる。

ふと見あげると、天井の鏡に、女を挟んで川の字になった芳郎と、冴子と、大竹の珍妙な姿がはっきりと映っていた。


三カ月後、芳郎はある資材会社に再就職が決まった。

冴子はと言うと、あれから心を入れ替えて、部下思いの、出来る女性課長として、社員にも慕われ、上司にも高い評価を得ているらしい。

逢子や大竹が口を揃えて、『あの人、変わりました』と言っていたから、事実なのだろう。

あの写真のデータはまだ消してない。消した瞬間に冴子が元に戻るのをふせぐためだ。

芳郎はと言うと、毎日、倉庫で商品管理の仕事をこなしている。

自らフォークリフトを運転する肉体労働だが、そのほうがかえって余計なことを考えずに済むから、今の芳郎には合っているのだろう。

早期退職の特典で抱いた女性とは、もうあれ以来、身体を合わせていない。

和代も今は、佐伯と上手くいっているらしい。和代は夫と麻輝の情事を盗み見たことで、逆に夫への愛を発見したのだ。まさに、瓢簞《ひょうたん》から駒というやつだ。

まったく珍妙なプランだったが、あれほど痛快な体験はなかった。四人の思い入れのある女性社員を自由にできたのだから——。

そういう意味では、会社に感謝している。

今はセックスレスの生活をしているが、寂しくはない。

自分にはかわいいガールフレンドがいるからだ。

そろそろ彼女がやってくる頃だ。

仕事を終えた芳郎が、会社の裏門を出たところで待っていると、小柄な彼女がボブヘアを躍らせて、小走りに近づいてきた。

「課長さん、遅くなりました」

白い歯を見せて、天使の笑みを浮かべたのは、山下逢子だった。

逢子は彼女を冴子から護ったことで、ますます芳郎に全幅の信頼を置くようになり、今では、恋人とも別れて、完全に芳郎のガールフレンドとなっていた。

もちろん、逢子を抱きたいという気持ちはあるが、二人は三十以上も歳が離れている。また逢子と肉体関係を持ったら、彼女が可哀相だ。

逢子には、自分にふさわしい恋人を作るようにと言ってある。

今日は夕食をともにする約束をしてあった。

「行こうか」

「はい……」

逢子がうれしそうに、芳郎の腕にしがみついてくる。

大きな胸が腕にあたっている。そのたわわな弾力を感じながら、芳郎は予約をしてあるイタリアンレストランに向かって、ゆっくりと歩いていく。

＊この作品は、書き下ろしです。また、文中に登場する団体、個人、行為などは実在のものとはいっさい関係ありません。

二見文庫

高《こう》慢《まん》女《じょ》性《せい》課《か》長《ちょう》

著者　霧《きり》原《はら》一《かず》輝《き》

発行所　株式会社 二見書房
東京都千代田区三崎町2-18-11
電話 03(3515)2311［営業］
03(3515)2313［編集］
振替 00170-4-2639

印刷　株式会社 堀内印刷所
製本　株式会社 村上製本所

ISBN978-4-576-16166-2
http://www.futami.co.jp/

二見文庫の既刊本

人妻・奈津子 他人の指で…

KIRIHARA,Kazuki
霧原一輝

奈津子は、ＩＴ会社の社長の夫と一人息子との三人家族の主婦として暮らしていた。夫は、一年前から帰宅も減り、奈津子には冷たい態度だ。そんな中、警察に追われている男が侵入。無実を訴える男の姿とその野性味あふれるたたずまいに、日頃満たされていないこともあり、奈津子の心と体は揺らぐが――。書下し官能エンターテインメント！

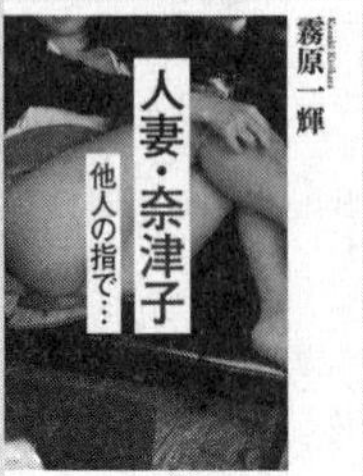